"Cada lector se encuentra a sí mismo."

(Marcel Proust)

Prefacio

Podría ser esa una obra sin presentaciones ni prefacio. Sin embargo, juzgo digno dar una satisfacción al lector amigo que donará un poco de su tiempo a las cosas del mundo que pasan desapercibidas, como son los personajes, hechos y cierres de los cuentos acá guardados.

Alguna vez lo dejé bien claro que no era el autor de las ideas (y sigo sin serlo), una vez que están sueltas y flotan un poco más arriba del parco entendimiento humano. Busco captarlas y grabarlas en la mente, liberarlas en frases enteras y en el peso de las palabras… en blancas hojas de papel.

Son esos los cuentos del más allá que sabía escondidos dentro de mí, no en el cuerpo físico que abandoné hace tiempo, sino en el Espíritu que atrae a las ideas tal como una antena.

Pese a la creciente popularidad de la Apometria y del Espiritismo en Brasil, país con mayor cantidad de adeptos y de obras espíritas del mundo, esas doctrinas poco hacen parte del cotidiano sudamericano, aunque sus fenómenos están constantemente presentes en las rutinas de todos, tal como lo buscan describir esos cuentos que son precisamente un producto del enriquecedor intercambio entre encarnados y desencarnados.

Rogaré a Dios que las personas que vengan a leer esos escritos entiendan la humilde enseñanza contenida y que no solamente los aprecien como obra, pero como una base para fortalecer sus ganas de querer cambiar, transformar algo que les parece imposible.

Pablo

São Paulo, 03/12/2012

Pese a que había asientos libres, prefirió como siempre seguir de pie, con sus espaldas ligeramente arrimadas a la puerta opuesta al andén, la que seguiría cerrada hasta el fin del trayecto. Buscaba salir de casa en los horarios más calmos, lejos de la turbulencia de los miles de transeúntes, de sus bullicios. Aunque era un amante de la paz y de la buena música, lo que en aquel momento lo hacía relajar era el monótono pero descompasado ruido del tren sobre los rieles, los suaves golpes de la inercia que provocaban los imprevisibles meneos de su cabeza, volviendo al plomo en cada nueva parada, reorganizando los pensamientos perdidos entre las estaciones.

Buscaba acordarse de algunos aspectos importantes para una buena entrevista de trabajo aparte de su impecable traje, como siempre aprobado por Marisa, que hoy se había despertado un tanto contrariada porque Daniel, pese a que ella tenía el día libre en la enfermería del Hospital Municipal, había decidido ir solo al Instituto de Literatura que se interesó por su currículum vitae, una nueva esperanza delante de su negro horizonte. Ella lo había acompañado hasta la escalera mecánica de la estación del barrio, se despidió con las típicas palabras alentadoras, con su fe y sobre todo con su cálido timbre de voz, en cuyas reflexiones Daniel lograba discernir casi certeramente todos los estados anímicos de Marisa, que capitulaba frente a ese don que su marido había desarrollado hace más de dos décadas. El balance del tren le traía a la memoria la suavidad de las últimas palabras antes del abrazo de despedida, en realidad no se acordaba de los términos utilizados pero sí de la dulzura, de la esperanza y también del amor, resistente a tantas metamorfosis de la vida, sin daños a su esencia y entereza.

Intentaba buscar particulares rasgos del semblante de Marisa, de la alborada de hoy en la cual la vio (o así se lo creyó) durmiendo a su lado, sin saber si era posible, si se trataba de un recuerdo, de un sueño o si era su verdadero rostro, eternamente imaginado, tan real como un espejismo. El parlante del vagón le informaba la siguiente estación en la que le tocaba bajar, desde allí tendría que cruzar toda la estación, salir por calle Bolivia, seguir por la vereda de la izquierda por tres cuadras, luego doblar hacia la izquierda en calle Panamá que, unos doscientos metros hacia el sur, desemboca en calle Perú donde se ubicaba el dicho Instituto de Literatura, que a su entrada conservaba los adoquines del mismo siglo XIX de su fundación.

Arribó quince minutos antes del horario combinado, lo justo para esquivar posibles imprevistos y también para calmarse, sentir la atmósfera del ambiente y discretamente pedir a los cielos para que le abriesen las puertas en otro intento de conseguir empleo. Se había animado más de lo acostumbrado, la voz de la Directora sonaba conciliadora al teléfono y el sueldo prometido era más que suficiente para sacarlos de los aprietos financieros, el dilema que, fuera algunas treguas, los acometía tenazmente. Mientras invocaba a los ángeles, sintió a Marisa en la misma frecuencia, frente a la Madonna en el rincón del living, pidiendo por la misma oportunidad, por recuperar la dignidad, esa que, aunque moralmente nunca se había ido, materialmente los hacía callar, muda resignación combatiente.

Como de costumbre, Daniel había causado impacto al entrar en la antesala, lo sentía por el breve silencio de la recepcionista, pero luego las vibraciones de un feliz asombro y una sonrisa común los hicieron relajar. Se llamaba Carla y le sorprendió positivamente, no se imaginaba a una joven, más bien a una señora madura, ejemplo de la tradición del Instituto. Se puso cómodo y pasó a observar la antesala, era fría, el sofá de cuero hace mucho no sabía lo que era un rayo de luz, los diversos volúmenes de libros almacenaban polvo, las flores a su lado eran artificiales, había algo de decadente.

En su mente buscaba al maestro Gonzalez y a la directora Cristina Mendes, y pedía a Dios para que bendijese la entrevista, que le pudiesen dar esa oportunidad. La propuesta era dar clases sobre uno de sus temas favoritos, el realismo mágico, base de su tesis de postgrado. Eso lo dejaba más confiado y con sus movimientos más seguros, sabía que los primeros instantes serían fundamentales, su tiempo sería muy corto. Su ansiedad iba y venía y el sonido del teléfono aceleró a su corazón, «sí, señora Cristina, el Sr. Daniel Fuertes ya se encuentra acá», ahora le tocaba a él. Sentía que Carla se acercaba para conducirlo hacia el pasillo, la agarró dócilmente por el codo y le dijo:

—Muy amable, Carla, pero a partir de acá sigo solo —su voz era firme y suave.

—Es la tercera puerta a la izquierda, suerte, Sr. Daniel —le contestó sin discutir, mirándolo inmóvil mientras él se alejaba por el pasillo.

Caminó por unos quince metros hasta acercarse a una puerta entreabierta de la cual salían rayos de luz natural, tibios y placenteros.

—Pase, pase, Sr. Daniel, espere que le ayudo con sus cosas —fue la respuesta del maestro Gonzalez a sus golpecitos a la puerta que sonaban a permiso.

Los saludó atentamente y observó que las voces de ambos correspondían plenamente a los respectivos apretones de manos. El del maestro era un gesto que intentaba todavía pasar por cierta virilidad aunque la intensidad y la piel denunciaban su adelantada edad, la misma que la gastada voz indicaba, sin perder el sonido grave. La mano de la directora Cristina era fría y ligeramente sudada, llevaba un anillo con una piedra cuadrada, su mano se perdía por entera en la de Daniel, que la sintió como a una paloma asustada, molesta en el corto tiempo que se tocaron. Su voz buscaba transmitir naturalidad, pero no había melodía en la pronunciación y la entonación demostraba que no tenía muy claro cuáles serían sus siguientes palabras.

Tomó asiento e identificó las diferentes energías que salían de los entrevistadores, respiró con tranquilidad escuchando el ruido de la birome de la Directora sobre su cuaderno de tapa dura, sentada en silencio en una butaca enfrente a la de Daniel.

—Un segundito, Sr. Daniel, voy a buscar su currículo, lo dejé sobre el escritorio —se disculpaba el Maestro.

Además de estar acostumbrado a esas situaciones, Daniel decidió no juzgar a las personas de antemano, en su caso no se podía basar en una primera impresión. Mientras al fondo el Maestro buscaba algo en los cajones, Daniel le mandaba pensamientos de armonía, de paz y de fe a Cristina, intentaba calmarla y relajarla. Notaba cómo la inseguridad de la Directora se transformaba en tranquilidad y después de unos pocos segundos ella reposaba la birome. Al alzar su vista se impresionó con la calma en el semblante de Daniel.

—La organización no es una virtud mía, Sr. Daniel. Lo había dejado en un sobre al lado de esa carpeta —intentaba explicar el maestro Gonzalez.

—Lamentablemente mi ayuda para buscarlo no será muy valiosa, Maestro —contestó el esposo de Marisa compartiendo sonrisas, incluso la de la Directora, que ahora definitivamente lo miraba a los ojos.

La entrevista transcurrió en una atmósfera muy agradable y después del aromático cafecito servido por Carla se adentraron en el terreno de las interpretaciones literarias, alejándose definitivamente de carreras profesionales, estudios, cursos y formación. En la imaginación era donde Daniel mejor se movía, se olvidaba de todo a su alrededor y se concentraba en la idea central del asunto, de manera suelta, natural y repleta de posibilidades. Veía delante de sí los diferentes caminos de las frases, el hilo que se formaba, la idea que se asomaba, un olor, un detalle, una nueva voz y la de siempre, palabras que eran alternativas. Hablaron de fe, de costumbres, de cuentos, de probabilidades y por fin de realidades.

—¿Cómo ve usted la realidad? —le preguntó inocentemente la Directora, callándose repentinamente y Daniel notó que el silencio súbito demostraba cierto bochorno.

—Creo que la realidad está en mi mente. Seguramente tengo otras maneras de ver las cosas, pero eso no quiere decir que sean menos reales.

—¿Usted podría describirnos su casa, por ejemplo? —intervino el Maestro.

Daniel les describió la entrada con flores, la huerta de Marisa, la cocina, el comedor, el olor a comida, y al entrar al living les dijo:

—Es simple, tiene dos sofás, una mesa en el centro, al fondo la televisión, pero lo que más llama la atención es la estatua de la Madonna en el rincón, es de piedra jabón, un palmo y medio de altura.

De repente el corazón de Daniel disparó. Lo que veía le daba un nudo en la garganta, no atinaba pronunciar ninguna palabra.

—¿Le pasa algo, Sr. Daniel? —le preguntó el Maestro ante el silencio demorado.

—Es que la mujer arrodillada delante de la Madonna, la que se dio vuelta y me sonrió, es mi mujer —dijo Daniel, con ambas manos apoyadas sobre su bastón.

—Es hermosa —balbuceó casi en silencio la directora Cristina, la jefa de Daniel.

Grüss Gott

La espesa fumarola del cigarrillo le indicaba que necesitaba irse de aquel lugar que ahora le parecía ajeno, voces cada vez más sordas, rostros que formaban sus últimas metamorfosis, versiones del fin de noche de sonrisas distanciadas en miradas indecisas.

Se puso la campera jeans que olía a tabaco húmedo, la bufanda y los adioses, soledad opcional entre la gente y las máscaras, incluso la suya, escaleras mal alumbradas salían de escena y ecos milenarios lo conducían hacia la calle. Prefirió no subirse a la bicicleta sino llevarla a su lado en la vereda de viento frío que lo despabilaba, los pasos en esos momentos le parecían más extensos y reveladores, además no había necesidad de llegar rápidamente donde nadie lo esperaba. Era su vez de buscar el rumbo, preguntarse bajo cuáles perspectivas creaba sus caminos, cómo seguir cambiando a través de nuevas ideas y verdades.

«Adaptarse a ese lugar no es solamente una cuestión de costumbres y tolerancias», se decía mientras decidió ponerse los guantes, «tampoco es un problema de geografía o de ese tremendo frío de la calle que aprieta el cuerpo y despierta la mente. Es una constante mutación, es evolución inquebrantable y por eso es un tema del alma, del entendimiento de mi existencia, de ajustar mis sentidos a los sentimientos y a esa nostalgia que no logro descifrar. Experiencias girando la rueda de mi destino que tiene una parte que se encuentra en mí y otra en algún lugar, en otro rostro...»

Pensaba en dualidades, veía las calles desiertas, frías pero seguras, su calidez escondida en un lugar sin saber si algún día volverá. «Voy yéndome a mi casa (he resuelto que es mi casa, da igual, es por un tiempo nomás), adaptación y costumbres, caminos y conceptos, sentimientos, añoranzas y el alma, asunto y llave de todo... Cómo son diferentes los pensamientos, los sueños y las situaciones que desearía de mi actual situación, despatarrada entre el ser y no ser.»

Le gustaba caminar, era como si los pasos con su ritmo, melodía, frío y silencio aclarasen los pensamientos, una lástima que al día siguiente el entendimiento de ese instante era siempre más nubloso. Había momentos en los cuales las diferentes aberturas del alma, la lógica, el sentimiento, la fe, la libertad, el conocimiento y las dudas estaban yuxtapuestas, descargaban una chispa de clareza, registro de una descubierta en el alma, instinto, razón y conexión.

Sonreía tímidamente hacia adentro en la soledad de la noche, la sombra en las paredes cambiaba su forma de acuerdo con sus pasos y sus pensamientos, a veces nítidas a veces distorsionadas, mente distanciándose de los ruidos y las charlas, elegía calles y atajos, frases y respuestas, cruces y bifurcaciones de la vida, tomadas al azar o quizás guiadas por alguien. Para él la inspiración no era simplemente producto de conocimientos y experiencias. De una manera u otra su vida tenía sentido aunque no sabía el destino final, pensamientos incompletos a la hora de las decisiones que lo traían hasta allí, lejos de casa aunque había decidido que su casa era acá, daba igual.

—Es como si todo formase parte de una preparación de algo que no atino a entender, un momento largo en un mundo que no es el mío, mi cinismo extranjero apretando las heridas, ¿dónde está el humor de la gente? Por acá no relajan, no conocen los lados obscuros de la vida, una sociedad sin abismos sociales iguala sus maneras de sentir, charlas comunes en rostros habituales a la espera de relatos de coloridos sufrimientos, sedientos por ideales, por historias de fantasías. No lo podrán entender, nosotros, filósofos del privilegio, somos diferentes, aunque buscamos entender nuestras raíces después de partir o al llegar, náufragos aportando a la misma isla desierta.

Se preguntaba cuándo la vida lo iba poner de veras a prueba o si estaba justamente en ella, si alguna vez las cosas cambiarían. «Uno no podrá tomarse la vida siempre con la lógica calma del vacío, todavía quedaban la duda y la respuesta del amor, de sus cambios y consecuencias, las historias, los caminos y algunos libros. El amor tiene que ser algo sublime, el verdadero sentimiento absoluto, el que abarca todas las virtudes.»

Buscaba fijarse en los detalles de la parte vieja de la ciudad tradicional, en las calles contiguas del indiferente castillo alumbrado, como si allí encontrase el comienzo de un nuevo pensamiento, algo que le mostrase la expresión de una cultura y de un pueblo en forma de ladrillos, baldosas, tejas o jardines. Alegaba que desde épocas anteriores a los griegos los dilemas metafísicos de la humanidad de antaño seguían actuales, que la verdad, única en el principio de creación, se mostraba diferente en cada cultura.

Había verdades en el mate compañero de las mañanas, conclusiones en inciensos e historias de su amigo hindú, en la salsa Lizano del Mae, en una charla con Ivo en forma de juego de ajedrez con cerveza y Cazuza cantando sus piscinas llenas de ratas, en las historias de la ocupación soviética en Pécs que contaba Denés mientras le pasaba una loncha de salame entre Pálinka y Pálinka, amistades y verdades en los códigos de los pueblos. Sumaban visiones en busca de una misma conclusión, acechando agazapados la felicidad que sabían que no se encontraba allí, pero que pasaba por el entendimiento de aquellos años, de los sentimientos y de los pasos que ahora entraban en una calle al azar, todavía quedaban pensamientos antes de golpear la puerta de casa. Como mosaicos formando un dibujo, encontraba partes sueltas que todavía no dejaban entrever si formaban un rostro o un camino, por ahora solamente una esperanza.

Diferentes visiones y signos uniendo mundos mientras que allá, a esa hora, se encontraba durmiendo su hija (y el futuro), la que tendrá nuevas respuestas para dar, verdad separada por el océano ambiguo que forzosamente mantenía su pies en este continente y el alma sin ancla. El nacimiento reavivó su sondeo de valores, su propia propuesta de vida, para adicionarle un sentido, una responsabilidad y un sentimiento más, en el fondo, su joven y distante paternidad le mostraba una vertiente interior que poco conocía. No sabía dónde nace el amor. Para él hasta aquel entonces ese sentimiento era más bien filosofía derivada de juventud y libertad, de plantearse e imaginarse algo lindo para pulsar en el gris invierno de la pacata ciudad y que en el momento preciso, sería la base de todo. La razón y el sentimiento se completarían.

«Hay que tener un concepto», pensaba mientras se quitaba la ropa de enfermero en la maternidad para ganar la calle del nacimiento. Los mismos pasos, primer llanto de la vida, fumando un puro, celebración solitaria en la madrugada de la metrópolis del lado de allá, espejo de sombras que sumaban experiencias y el inolvidable sentimiento del amor puro. Sí, existía…

Pensaba que su necesaria vuelta a lo esencial solamente era posible al entenderlo, mucho más valían los gestos que las palabras, las obras que los cuentos, la felicidad sencilla frente a los simulacros. Sabía que había dificultades comunes entre todos sus amigos y que eran normales en ese momento de la vida. Pasaban por esa experiencia con un objetivo final, un diploma en la pared que en realidad deberían atestar pensamientos y conclusiones por la oportunidad regalada. Nada será como antes, suspendido entre torres de sentimientos, sacrificaba peones, alfiles acechaban diagonales profundas, caballos ansiosos, enroque del instante agudo. Buscaba en la mirada de todos lo que verdaderamente se proponían, abierto por la ingenuidad y por lo que se permitían mostrar, la necesidad de hablar y de escuchar los miedos, propuestas e incertidumbres limpias, entender lo que realmente importaba en todo eso. Valorar la amistad era su concepto ratificado antes de todo hacia sí mismo, parte de lo esencial, otra calle más para atar el suspiro de cavilaciones desordenadas, nacía un sentimiento interior y rogaba para que su forma final no le diese jaque mate frente al espejo con su reina inmóvil por toda la vida.

Gozaba la sensación de libertad que le proporcionaba la hora adelantada de la noche, de vivir en una ciudad donde los que lo podrían juzgar en realidad poco le importaban. Allí, las diferencias culturales eran una herramienta que al principio le permitía determinar las distancias humanas hasta que de repente las distancias lo controlaban a él para perderse en sus sombras distorsionadas, lejos de la perpendicularidad de la luz, sin condensarse en un punto, ni aclarar caminos, una cabeza gacha pesaba más que la mirada erguida. Ni chino, ni mariposa, suponía que esencias eran conciencias de los caminos que necesitaba seguir, intuiciones sin prisa que surgían del alma de agua, pasando por estados líquidos, vaporosos y sólidos, pero siempre esencialmente agua, esencialmente alma, desembocando en el mar de una nueva dimensión.

Existía una distancia y no sabía cómo llenarla. Algo le faltaba, un sentido que le pudiese despertar la noción de una existencia en que pudiese dejar su alma, algo quizás sagrado. ¿Cómo hacerlo y dónde estarán las señales?, fueron las preguntas que se hacía, las que estaban en su mente y que lo acompañaban en los últimos metros de los cuales no se acordaba bien.

Para distraerse empezó a leer los nombres de las calles, de las tiendas y de los carteles. *Marktplatz*, mercado-plaza, *Hauptbahnhof*, principal-tren-patio. Creía que los idiomas y sus estructuras eran uno de los mejores retratos de un pueblo, a veces algunas palabras le sonaban raras y pasaba a analizarlas. Le interesaba su etimología, entender cómo se formaban los vocablos, cómo se juntaban palabras para formar nuevas y cuál era la idea por detrás de ciertas expresiones.

Dejó su bicicleta en el patio interior del edificio y empezó a subir lentamente las escaleras de la antigua construcción hacia el cuarto piso. Interiormente llevaba la íntima convicción de que algo le faltaba, que tenía que haber una puerta, una manera de avanzar. Escuchó pasos que indicaban que alguien bajaba por la escalera e imaginó que se trataba del viejo Sr. Ende, que se aprovechaba del sueño de su señora en las madrugadas para salir a la calle con su bastón a fumar escondido. Especulaba que no simplemente el cruce inevitable en los siguientes peldaños ni la cordialidad de un saludo los uniría, sino una secreta complicidad de cavilaciones en el horario poco común.

—Buenas noches —le dijo educadamente, aunque ya eran casi las tres de la mañana, mezclando en su tono de voz la gracia que le causaba la intacta picardía del anciano.

—¡*Grüss Gott*! —contestó el Sr. Ende utilizando un común saludo alemán del siglo XIX que significa, ya lo estaba examinando, «saludá a Dios».

Delante de su puerta, al meter la llave en la cerradura, se detuvo por un instante escuchando el saludo y los pasos del Sr. Ende, que se alejaba, los mismos ecos milenarios. Lo invadió una inexplicable alegría por el simple significado de un saludo, por haber encontrado no directamente el amor, tampoco el rostro del mosaico, sino descubierto al camino que existencialmente le conduciría hacia ellos. *Grüss Gott*, pensó, para finalmente abrir la puerta y entrar a su casa, a su corazón…

Continuará

Las cosas habían cambiado mucho en aquellos años. De la euforia que llenaba las calles para ver la parada militar rumbábamos hacia el combate con los enemigos que aparentemente estaban por todos los lados y en todas las ideas. Tenía dificultades en entender todo lo que pasaba políticamente, sabía que el país pasaba por momentos difíciles resultando en el golpe del general que al principio solo intervino para garantizar los derechos básicos del pueblo y establecer el orden, optando por el toque de queda.

Estaba consciente de que andábamos por años que no serían olvidados por las generaciones siguientes y que quedarían registrados en los libros de historia, pero creía que estaba con mis manos atadas. Los militares empezaron con las primeras persecuciones, se restableció la seguridad en las calles y después de dos o tres decisiones populistas y muchos acuerdos ocultos vino la noticia del referendo popular, al fin y al cabo «todo el poder emana del pueblo».

Las elecciones, bajo el control y la organización de las tropas del general en los recintos de la votación, legitimaron el comando militar, ¡viva la patria!, aclamaba el comandante en su discurso de victoria transmitido en directo por todas las radios que todavía quedaban funcionando en el país.

Un experto en política o en historia podría decir que ya se adivinaban esos movimientos pero yo no, mis preocupaciones no habían cambiado, había que cuidar a los hijos y apoyar a mi marido para que no le faltara trabajo, algo por sí solo preocupante para un periodista en la actualidad. Antes de que interviniesen en el periódico en el cual trabajaba Ariel, la casa estaba siempre llena de amigos que discutían los rumbos del país y formas de movilización para recuperar la libertad de imprenta, otro término con el que pasé a familiarizarme desde los grises cambios. Los chicos se animaban aquellas noches ya que Ricardo, el profesor, como le decían, siempre les traía golosinas, el anarquista Matías les enseñaba nuevos acordes en la guitarra, y el punto alto para los chicos, antes de dormir, era participar del primer brindis, ellos con limonada y los adultos con lo alcohólico que había por el momento, copas erguidas en nombre de la anhelada libertad.

Esos encuentros escasearon desde que el nuevo redactor del periódico, el comandante Ruiz, le invitó a Ariel para una charla privada en la cual le informaba que a partir de aquel momento ya no escribiría sobre la situación política en el país, «está todo calmo y estable, Ariel, no hay sobre qué relatar», sino que se dedicaría a narrar sobre los nuevos proyectos urbanísticos de la ciudad y quizás del país, todo dependería de Ariel. En breve inaugurarían una nueva plaza en el barrio norte, cambiarían el nombre de las principales avenidas para homenajear a los próceres del nuevo gobierno, o sea, «manos a la obra Ariel».

Fue ahí que noté que las cosas no andaban bien. Mi médico siempre me decía que a las enfermedades uno tiene que diagnosticar cuanto antes para combatirlas, agrandando las posibilidades de éxito. Ahora pienso que lo mismo se aplicaba a aquella situación, pero no hubo tiempo de pelearla, al rato uno no tenía más opciones que ser blanco o negro, vivir o sufrir.

En mi rutina en realidad pocas cosas habían cambiado, iba al mercado de siempre, los chicos seguían en el mismo colegio, las vacaciones las pasábamos en el campo donde tío Augusto tiene una finca y nuestra situación financiera seguía estable. Lo que realmente cambió fue la actitud de las personas y esa fue mi verdadera sorpresa.

Un nuevo orden se había establecido. Más allá de formas de gobierno, un cambio brusco como un golpe necesita de un cierto tiempo para acomodar su nueva estructura, en especial la humana. Es un momento en el que las relaciones de mando pueden cambiar radicalmente, el comandado ahora podía regir a sus antiguos superiores, y en esa tensión establecida el hombre revelaba su verdadera índole. Todo pasó a ser disimulado, las charlas en el quiosco, en la carnicería, en el correo del barrio, uno hablaba del necesario, sin opiniones ni polémicas, no se sabía de qué lado estaban, si había delatores, solamente daban la cara aquellos que ostensivamente defendían al gobierno, los que se unieron al comando y que en diferentes niveles y círculos sociales disfrutaban del mismo placer, la ostentación del poder. Sabíamos de los desaparecidos, ese rumor, que ya se había diseminado al centro, a las fábricas y que se hizo realidad con la evaporación de Ernesto, hijo de los Pastore, detenido de noche por los militares, a dos cuadras de acá.

Ariel estaba irreconocible, desilusionado hacía reportajes sobre la llegada de la primavera y las flores que desabrochaban en el antiguo Parque Esperanza, ese que ahora lleva el nombre del general. Incluso en el colegio de los chicos se notaban las diferencias, la presencia del general estaba en cada clase con su foto obligatoria, en cada himno y canto. Ya no era una cosa sutil, estaba siempre esa atmósfera de vigilancia, un juego en que jamás serás el cazador y en que no sabés si sos la caza. Profesores, padres, metalúrgicos, estudiantes, todos actuaban con cautela.

Discutía con Ariel sobre qué hacer, la toma de conciencia había tardado un poco y cuando todo se clareó, notamos que a esa altura, cualquier actitud opuesta a la del gobierno ya no era una cuestión de punto de vista o de filosofía, sino cosa de vida o de muerte. Vimos delante de nosotros justamente ese punto en que la acomodación del sistema llega al dominio, ese al que busca siempre perpetuar. El mensaje era: no seas oposición, porque eso puede matarte a vos, a tu familia, a gente inocente que te quiere mucho y que sufrirá de todas las maneras.

Pensábamos también en la posibilidad de salir del país, buscar un nuevo comienzo en otro lugar, alejarnos de los nuestros y de cualquier actitud de cambio. Desilusionados, creíamos que acá el silencio era equivalente a un porfiado grito contrario, aunque sordo. Emigrar era una manera de hacer oposición pero a lo mejor sería cambiar una tristeza por otra. Ya escuchábamos los primeros ecos de las voces disidentes que venían desde afuera, de otros países.

No entiendo mucho de política, te cuento que verdaderamente nunca me interesó una filosofía partidaria o planos económicos, son demasiado complicados para mí, pero estoy segura de que, independientemente del modelo elegido, deben existir personas inteligentes y capacitadas para construir hospitales, tener buenos colegios para los chicos y maneras honestas de trabajar. No entiendo por qué para alcanzar estos objetivos había que prohibir que la gente se expresara libremente y jamás imaginé que esa imposibilidad me perturbase tanto.

La idea vino en una noche en que tomaba una taza de vino con Ariel, el peligro de reunirse con amigos hizo con que prudentemente nos aisláramos, agrandábamos así nuestra intimidad como pareja, incluso en el aspecto intelectual. Tenía charlas con mi marido en las cuales pronunciábamos todas las ideas que se almacenaban al largo del día. En la soledad del toque de queda hablábamos del amor, sonrisas plenas en el lecho desde el cual le describí un mundo de sueños, como si todavía estuviésemos en las nubes, mirando nuestras estrellas.

Así nació el personaje, y mandábamos los relatos de una dueña de casa, madre de dos hijas, casada y su visión interna respecto de la dictadura. Terminé el séptimo capítulo con la información *Continuará* y Ariel entregó las crónicas a una persona que conoce caminos hacia el extranjero. Pasados un par de meses fueron publicados desde allá y circulan clandestinamente por acá.

Lo que realmente sorprendió fue la acogida de los relatos, en especial del universo femenino. De alguna manera se identificaron con la protagonista porque vive la actualidad del país y aguardan continuidad. Hay un potencial para movilizarlas, dejarlas atentas a sus propias ideas.

Quiero que sepas que estoy asustada. Cada vez que veo una bota en la vereda empiezo a temblar por adentro. No tengo paz hasta que Ariel regresa del trabajo, mucho menos cuando nos acostamos y están los chicos. Tememos que debido a las características del personaje de los relatos o por algún topo infiltrado, puedan descubrir que soy la autora.

Partiremos dentro de una hora, mi marido y mis hijos están esperándome en el puerto, cruzaremos la frontera, no tenemos opción y vos tampoco la tendrás, creéme.

Solo encontré una manera de mantener vivo al personaje. Hay que cambiarlo siempre, como camaleón. Cada dueña de casa, cada madre, cada hija tiene una opinión propia, lo mío fue solamente mi sueño, habrá que buscar nuevas visiones y autores. Serán siempre siete relatos, tendrás noventa días para escribirlos y dejarlos en un local que está señalado en el sobre que abrirás después que mi barco haya dejado puerto.

Nadie sabe quién es la heredera del personaje y jamás lo contaré. Hacé lo mismo cuando te toque a vos elegir a alguien. La continuidad depende de vos, pero no quiero ejercer ningún tipo de presión, simplemente fuiste la idea más segura y menos sospechosa que me ocurrió, Fernando. Disculpáme si te paso una responsabilidad que jamás pediste. Sabré de tu decisión por el diario clandestino.

El círculo

Estaban reunidos todos, comenzando por el pibe que corría junto al perro por el jardín mientras el viejo se abría una cerveza helada, fijándose qué había para picar. No sabía si era por el olor a comida rica, la que Carmen siempre sabía preparar sobre todo con amor, o si era por esa mezcla de sencillez y hogar que le abría el apetito. Para algunos la felicidad estaba realmente en eso: salame con limón, cervecita helada y el periódico deportivo mientras se prepara algo en la cocina. No era un tipo hablador, tampoco le gustaba ser protagonista, para él la felicidad, las buenas charlas y las cavilaciones legítimas nacen de los lugares comunes, de la autenticidad de los ambientes francos en los cuales uno puede ser como se siente. En eso, decía, estaba el lujo. Al viejo le gustaba sentarse en el rincón, casi sin que lo notaran, saboreaba la paz, consciente de que todos estaban por ahí, en armonía, mientras el aroma de comida le aumentaba la placentera sensación de disfrutar de la familia. A menudo veía pasar por la ventana de la cocina al nieto, miraba cómo se desarrollaba, «los chicos crecen de a saltos, es increíble cómo se parece a los padres».

La cocina era el eje de aquella casa, un lugar informal donde se permitían diferentes tipos de charlas, como si la ausencia de una butaca o de una mesa de centro le otorgasen más fluidez a las palabras, libertades confidenciadas, como si la razón se distrajese junto con las manos y los ojos que se ocupaban en cortar verduras, probar comida, abrir otra cerveza o limpiar platos. Era una zona de temas variados, de encuentros casuales, de charlas interrumpidas por Andrés que llegaba de sorpresa a buscar algo con un ojo fijo en el perro trucho que trataba de infiltrarse, a veces resultaba difícil saber quién era más chiquilín. Preguntaba a su padre si necesitaba algo al mismo tiempo que se daba cuenta que una vez más Carmen lo había arreglado todo, el delicado y discreto cariño de ocuparse de todos, la sonrisa de ojos y dientes, satisfacción de proporcionar momentos agradables. Abrió la heladera y la miró por algún tiempo, zona nublosa del hombre imposibilitado de hacer muchas tareas a la vez, para en seguida acordarse de que en realidad buscaba la sal gruesa para el asado y que esa por supuesto estaba en el armario. No era necesario mirarla para saber que Carmen se había dado cuenta de su distracción, sus ojos brillaban y reían, delataban detalles del amor y de sus respectivas esencias, purezas e imperfecciones que los dejaban siempre más humanos, lejos de estereotipos y convenciones estériles.

Por fin la casa lentamente absorbía lo que realmente eran los deseos y pensamientos de ambos ya que un hogar contiene energías acumuladas por vidas, discusiones, felicidades y pasados, acumula en las paredes historias, dudas y esperanzas. Acogieron el niño con el corazón intacto, superaron miradas sospechosas, chismes, la común tensión que se creaba en los ambientes de ojos curiosos y superficiales que les abrían las puertas, les elegían la mesa y les acomodaban en las sillas de las reuniones de aparentes amigos. Nada de eso les importaba más, eran felices en su casa, se acordaban con gusto de la época en que Andrés decidió cambiar, en plena época de lluvia, el tejado de la casa que tanto goteaba. Entre tejas, maderas y lonas, subía al tejado, les hacía un hueco para acomodar el vino, las copas y abrazado a su mujer, discurría bajo las Tres Marías sobre el hecho de que el hombre por toda la humanidad, de generación en generación y en todas las partes del mundo siempre ha buscado tener un techo.

En los diez días de la reforma no cayó ni una sola gota del cielo, hecho que interpretó como una señal de que los aliceres de la casa serían de luz, de tolerancia, de paz y de amor. Por otro lado, Carmen se fijaba en otros signos, como la planta que hace un mes estaba casi muerta debido a otra siniestra trama del perro y que luego desabrochaba a plena flor, de las amarillas…Más que un lugar para vivir, allá entraban los corazones que de una manera u otra se comunicaban por la confianza, por la fe y por aquellas afinidades que nadie sabe de dónde vienen mientras del corazón les nace una mirada limpia como respuesta.

Otra vez sonaba el timbre, «seguro que son Miguel y Fernanda», decían, el perro se adelantaba en su rol de anfitrión entre abrazos, besos, niños, carrito de bebe y risas de cargadas francamente irónicas, había que estar siempre atento con Miguel, nunca se sabe cuándo te iba a tomar el pelo. Después de la confraternización de la llegada se iban definiendo los cuadros, las mujeres charlaban en la cocina por saber que allá estaban más a gusto y a solas para hablar y cambiar sus primeras impresiones, lo suficiente para sentir el respectivo ánimo, desahogo, mientras los hombres, por los mismos motivos, chequeaban el fuego en el asador, «al fin y al cabo che, preparar un asado no es tan simple como ellas se lo imaginan». Indecisos, el niño y el perro no sabían adónde acudir, estaba el cariño de mamá y las tareas de hombres, al fin se decidían por acompañar los pies descalzos de Andrés hacia el asador, más bien motivados por la preocupación del perro en asegurar su lugar cerca de las costillas de cerdo y estar más lejos del portón del jardín donde lo encierran si por acaso no se porta bien.

Después de una rápida mirada a las carnes que preparaba Andrés, Miguel, con la cervecita en manos, se tendía en la hamaca, en realidad nadie se atrevía a acostarse en ella, era «la hamaca de Miguel» donde luego se juntaba su hija, conquistas valerosas de una amistad que le hacen sentir en casa. Desde allá echaba una breve mirada al cielo, lo suficiente para profetizar que «seguro que hoy no llueve, es mejor así, nuestro equipo es el más técnico y la cancha pesada sería mejor para ellos. Hoy me desperté con una buena sensación, la tarde promete, hincharemos juntos, veo que el pibe ya viste la remera, ¡qué bien le quedó!, es increíble el parecido con ustedes dos».

Quique jugaba a la pelota con el perro, que por supuesto ya la pinchó hace días no obstante los diversos avisos, «en una de esas el perro la agarra, hay que aceptar los riesgos». Todos los niños en eso son iguales, inventan juegos para quemar las energías acumuladas, hacen nuevos descubrimientos y orgullosos comentan, gritan y se afirman hacia los padres, sus héroes desde el primer día, situación que ya pasaba con Quique y Andrés. Había en ellos algo que los unía (aparte de la mirada cálida de Carmen), una confianza, algo también de piel, abrazos y sobre todo la certidumbre intangible entre ambos que les decía que estaban juntos en la vida, apoyándose mutuamente, compañeros de un mismo camino, mientras lentamente se asomaba el viejo con la recién preparada caipirinha (esa que sigilosamente acababa por relajar a todos sin que lo notasen), como siempre tranquilo, la mirada pícara y su característica ironía nunca utilizada para herir. Era la próxima víctima del niño que relataba sus nuevas hazañas y el mejor lugar para contarlas, no se lo podía negar, era el regazo del abuelo, ciclo de generaciones cerrándose.

Al fondo oían la voz de Lucas que recién había llegado y preguntaba si hacía falta llevar algo para el asador, una cervecita, carbón, silla o lo que sea.

—Así son las cosas, che —comentaba Andrés asegurándose antes de que lo pudiese escuchar Lucas— uno le da la llave de la casa por si acaso hay una emergencia, alimentar al perro cuando uno está de viaje y cuando menos esperás, de pronto el tipo está en tu casa abriendo la puerta de la heladera ¡preguntando qué hay de comer! ¿Alguien ha escuchado el timbre? Ni el perro se enteró de que había llegado Lucas, seguro que ellos también están compinchados.

El niño esta vez le ganó la carrera al perro y fue el primero en besar a Lucas, el rompecabezas raro e imprevisible para tantas personas se revelaba muy simple para su pureza de corazón, con la poca consciencia que el niño a lo mejor mantenía de su origen, desde temprano aprendió a poner sentimientos en sus gestos. El amor lo trajo y al amor lo sabía descifrar, principalmente el de su medio hermano Lucas.

Este saludó a todos con la plena satisfacción de saber que de ahora en adelante se dedicaría a disfrutar nomás del buen tiempo y de la cerveza helada, «mi trabajo se resumirá a los pedidos de Carmen en comprar cositas en la tienda del barrio justo en el momento en que me pongo cómodo, van a ver, mi madre parece tener un sexto sentido, ¿no es cierto Andrés? Que me lo pida ahora porque más tarde, cuando empecemos con el narguile, ¡no me muevo para nada, che!». La hora de la pipa de agua siempre fue su momento de ver las cosas bajo diferentes perspectivas, soltaba sus pensamientos apilados, sus observaciones sobre diferentes situaciones del cotidiano, fruto de su búsqueda de felicidad, de mantener el principio sincero y confiar que en su momento oportuno los caminos se abrirán, «cada uno tiene que recorrer el suyo hacia su conciencia», solía decir con palabras envueltas en humo.

Andrés caminaba por el pasillo y el bullicio de la cocina lo hacía sonreír. Jamás intentaba escuchar las charlas de las personas, entendía que era fundamental respetar el espacio de todos, sobre todo de mujeres que se creen charlando a solas. Lo que realmente le importaba era notar la alegría que también venía desde la cocina, la sencillez y la naturalidad era fundamentales para la armonía. Era una de las características de Carmen, cautivaba por la sinceridad, por el real interés en la felicidad de todos, por los consejos sin sabor a juzgamientos, por saber escuchar, tenía en su ser la certidumbre de algo lindo y bello, un significado de vida que tenía a Dios en el centro de las cosas y la gratitud por sus nuevos caminos que la hacía querer compartir y posibilitar la alegría a todos.

Entró en la cocina para avisarles que dentro de unos minutos la carne estaría en su punto y que la presencia de ellas era fundamental para llenar de colores la tarde de aquel domingo, cuando notaron que el portón del garaje se abría. Sobre la inclinada rampa de acceso el viejo auto, castigado con las diversas desatenciones de todos, traía a Lila y Maíra, con el volumen de la radio a tope, sello de la juventud.

—¿No les parece mejor si maniobro yo? —bromeaba Andrés mientras el perro se ponía en un lugar seguro, era mejor no arriesgar su habitual huída a la calle para ver si su territorio seguía bajo su orden.

—Papá no cambia nunca sus chistes —murmuraba Maíra que disimulaba su sonrisa mientras Lila aparcaba el auto pensando en una manera de devolverle la gastada a Andrés. La pequeña revancha nunca fallaba, no se olvidaría.

La llegada de las niñas también cambió el ambiente, despertaban una emoción diferente, especial. Eso lo aprendió con el viejo, tenía su mundo interior, sus cavilaciones y sus silencios que no significaban lejanía, sino que representaban sus ganas de verlos a todos disfrutando de la vida, gozando de condiciones para buscar la felicidad, de crear sus obras, respetando individualidades. Así también lo veía Carmen, no se podía evitar que los hijos siguiesen por sus propios caminos de aprendizaje y explotasen sus potencialidades. Y, en el caso de las niñas, tenían su pruebas, su coraje y su autenticidad, selladas y renovadas en el abrazo afectuoso, momento en el cual sabían que hablaba el corazón, que Carmen y Andrés siempre estarían allí, que tiraban todos hacia delante.

Mientras contaban sobre la feria de antigüedades donde buscaban cómics raros, Lila se fijaba en lo que su madre había preparado para el asado y la sonrisa delante de la heladera abierta confirmaba que Carmen le había preparado su postre predilecto, mimos que no pasaban con los años. «Las costillas en el asadero seguro que son otra fija, ¿dónde está el niño que todavía no lo he visto?», pensaban Lila y Maíra ya con el regalito de la feria en manos. No tardó mucho en asomarse: para él, esos domingos eran exquisitos, y saludar a sus hermanas era garantía de besos, cosquillas, cuentos y juegos.

Carmen coordinó a los que quedaban en la cocina para que llevasen las ensaladas, las empanadas y los cubiertos, el niño con sus hermanas se hizo cargo de las servilletas, había que ayudar desde chiquito. Antes de juntarse a los demás, repasó con su mirada a la cocina y se dio cuenta que estaba sola. Respiró hondo, sintió la paz en el ambiente, en su corazón y decidió quedarse un rato más. No sabía qué decir, no sabía cómo agradecer, sintió que sus ojos se nublaban de emoción, las dificultades de su vida la hacían disfrutar de cada instante y reforzaban su fe, su certidumbre de algo iluminado que acompañaba a todos, la fortaleza de la inmortalidad, de la justicia perfecta de un Creador que posibilitaba que almas afines y tan diversas se juntasen bajo una misma fuerza, la del amor, la llave.

Al llegar al asador vio a todos sentados en un círculo sin principio ni fin. Estaban el abuelo y el hijo, sus hijos y la hija de su marido, los amigos y la niña y estaba Andrés, para siempre Andrés. Con el corazón disparado, terminó su oración improvisada, agradecía al cielo por todos los momentos de la vida, pensaba que no necesitaba nada más.

Vio el niño, cada vez más parecido al padre, en el regazo del abuelo mirando atentamente a Lucas que le quería contar a Andrés y a los demás su sueño de anoche.

—Che, Andrés, soñé que vos y mamá iban adoptar otro hijo.

Nueva Lajedo

La primera vez que escuchó hablar de Nueva Lajedo fue en una reunión de amigos durante la célebre cervecita entre compañeros de idioma y de mentalidad transportándolo hacia los recónditos de su corazón. A partir del momento en que salió de su patria, empezó a observarla desde un punto de vista más crítico, incitado por las diferentes realidades, mezcla de nostalgia, novedades y desazón. Carlos les contaba que en Nueva Lajedo no había electricidad, salvo algunas casas con generadores a diesel, que uno solamente llegaba a la ciudad cruzando el límpido río en un bote, arribando a una playa delante de la plaza central desde la cual, tal como los rayos de un sol, salían callejuelas de arena, ni un solo auto, únicamente burros, algunos perros vagabundos y gallinas entre árboles de sombra y de verde vivo. Formaba una pequeña península, por el oeste estaba el mar, la playa de arena blanca, los cocoteros, dos o tres tiendas donde se podría tomar algo helado con los pescadores del pueblo luego del picadito al final de la tarde. «Las otras opciones eran refrescarse en las olas del mar, agua salada a limpiar el cuerpo y la mente, y a continuación, un poco más al sur, tirarse al río con su agua dulce y refrescante», relataba Carlos mientras Julio recordaba su tierra, su gente, aislado y entero.

Aquella noche, al volver a su casa disfrutando del faso compañero de sus pensamientos, creó por primera vez la imagen de Nueva Lajedo en su mente, con colores, ruidos, aguas y olores. Vislumbraba niños corriendo por las calles, unos pocos almacenes, gente charlando tranquilamente en la plaza cerca de las hamacas tendidas bajo algunos árboles cerca del río, ritmo, tamaño y atmósfera en notable y suave unión con el paisaje, como si las olas, los vientos, el sol y las estrellas fuesen los escultores de esa villa alejada de los traumas impensados de las ciudades modernas, mentes más cercanas a una comprensión de equilibrio demostrado por la armonía del ambiente. De acuerdo a su estado emocional y a los volubles momentos de su vida, cambiaba su percepción respecto al pueblo, un género de refugio mental delante de situaciones en las cuales le gustaría relajar, desaparecer o simplemente callar. En las frías noches de invierno, después de trabajar de mesero en el boliche, la dibujaba con luna llena, noche cálida, rostros jóvenes y lindos, música y buen humor, cerveza helada, gozando de la despreocupación. Por otro lado, cuando se cuestionaba sobre los rumbos de su vida, al sentir el corazón apretado, cuando sabía que su conciencia le buscaba decir algo, moldeaba el pueblo de manera más quieta y pacata, con una pequeña iglesia en la plaza, se imaginaba ayudando a los pescadores a recoger las redes en la playa, rocas al borde del mar y de la brisa constante, ojos al horizonte y mente en silencio.

Un par de años después, ya graduado en economía y metido en el departamento financiero de una organización importante, Julio, además de los diferentes escenarios, también creaba personajes, gente que vivía de manera singular. Estaba Marcela, la joven viuda dueña del pequeño comedor donde le ayudaban sus adolescentes hijos, lugar predilecto de Don Ramón y su romanticismo platónico cuya musa inspiradora era la misma dueña. Existía también Marco, un callado pescador de pasado ignorado por todos (algunos en Nueva Lajedo decían que incluso su nombre era falso) y que según comentaban, desató una violenta pasión en Karla von Witthausen que hace cinco años huía del invierno europeo y de su marido millonario a tomarse vacaciones en la más grande y elegante casa del pueblo. En una morada un poco más apartada del pueblo vivía el profesor Néstor que en las noches de luna llena desaparecía, algunos juraban que lo habían visto aullando en el edículo donde su hermana María lo tenía entre cadenas a pan y agua. A diferencia de otros protagonistas que vivían en su pueblo imaginario, había uno del que no se acordaba de haberlo creado, que se distinguía, figura algo vaga de un señor retirado, que le hacía asociar con alguien al que no lograba descifrar, quizás un amigo, un actor conocido o un personaje cualquiera que de todos modos no le era indiferente y que simplemente estaba ahí.

Por la tarde, le informaron de su promoción a gerente de la sucursal en el norte del país, oportunidad que daba curso a una trayectoria bien delineada, todo a su tiempo dentro de una estabilidad envidiable. Si por un lado la noticia representaba reconocimiento, la ansiada ocasión no produjo la alegría que suponía, despertándole más bien la necesidad de salir por un rato a caminar junto al vacío que se agrandaba en su ánimo. A lo mejor movido por los rudos inviernos que teóricamente le esperaban en la filial o quizás por el ritmo lento de sus pasos, su mente se desplazó a Nueva Lajedo, cambiando nieve por arena, cielo gris por azul añil. Sin forzar su mente, pasó de largo por la villa y en el siguiente acto se ubicó sentado en un tronco que servía de taburete improvisado. Alzó su vista y encontró por primera vez los ojos del señor de imagen borrosa. Estaban delante de un camino con varias bifurcaciones, al lado de cada trillo se hallaban sus valores, base de sus decisiones, de sus caminos. A cada momento que se decidía por una alternativa, su fisonomía iba cambiando de acuerdo a los valores elegidos, revelándole su verdadero rostro como consecuencia de sus medidas. No había palabras, meramente decisiones, sentimientos y la desnudez de su semblante, invariable reflejo de su camino de vida. «¿Sería *eso* todo?», le dijo el viejo antes de desaparecer, sorprendiendo a Julio no solamente por el diálogo posible con su mundo imaginario sino porque sentía una incómoda intimidad en sus maneras.

II.

Su decisión de regresar a su país lo confrontó con nítidos contrastes, su incertidumbre delante de un recomienzo profesional, la reintegración familiar y la necesidad de cultivar sentimientos que había olvidado del otro lado del océano, la cruda realidad de abismos sociales. Ambos mundos extremos de su país le despertaban su natural búsqueda de entendimiento y de explicaciones, fomentado por las diversas maneras de coexistencia, una de las habilidades humanas que le parecía fundamental para la armonía y que le llenaban de esperanza futura. Se sentía a gusto en su nueva etapa y guardaba un pálido recuerdo de Nueva Lajedo cuya plasmación explicaba como una válvula de escape erigida a fuerza de la nostalgia y de las bajas temperaturas.

Estaba trabajando en el despacho cuando vio entrar al departamento al señor Pimienta, jefe de los peones de la fábrica, que lo miraba como pidiéndole permiso para tratar un asunto en particular. En el rincón del cafecito le detallaba que estaban recaudando plata para el señor Francisco, cuya hija de dos años sufría de leucemia y necesitaba urgentemente de medicamentos que a lo mejor le pudiesen quitar un poco el sufrimiento una vez que la situación, pese a los esfuerzos y la fe de la familia, estaba prácticamente sentenciada. Se acordaron de cuando celebraron el nacimiento de la princesita, la alegría y la fiesta en el club de la empresa, todos lo querían al señor Francisco, el más chocho de aquella inolvidable noche. Un par de meses más tarde, al regresar del entierro, conmovido en el silencio de su auto, no entendía los designios de Dios que con dura mano castigaba a una familia humilde y honesta, quitándole la vida a una inocente criatura. No se acordaba cuándo había sido la última vez en la que había llorado y mientras conducía automáticamente por su barrio la avistó nuevamente delante de sí, su conocida villa. Dejándose llevar, arribó a la playa, trepó sobre las rocas que daban al mar acomodándose al lado del viejo que contemplaba al horizonte con la misma mirada triste. Compartían el silencio unidos por la congoja que el viejo parecía igualmente sentir.

—Nadie escapa a la ley —le dijo sin mover los labios—. No importa cuántas vidas uno tiene que vivir.

III.

A la siguiente mañana decidió buscar comprender no solamente el fenómeno de la visión, sino también el contenido de aquellas exiguas palabras. Investigó el camino de la razón una vez que la visión ya le pareció suficientemente irreal para añadir otras hipótesis sin fundamentos concretos. Evaluó alternativas y luego de algunos estudios y charlas con gente más a gusto con eses temas, supuso que el viejo al final le hablaba de vidas subsecuentes y de la ley de acción y reacción.

—¡Pero son la misma cosa! —le apuntó la vieja Doña Marta, sirviente de la casa de sus padres—. Lo de la visión —completó con su voz burlona como restando importancia al hecho— es algo tan corriente en el mundo popular que solamente le podría sorprender a los blancos y prósperos. Mi tía Rosa se queda la tarde entera en su silla de ruedas charlando con personajes invisibles, mi hermano Augusto escribe mensajes de muertos y ¡vos te asustás y te intrigás con la visión de una villa y de un viejo! —remató la señora.

Mantuvo su mente despierta y sin prejuicios, buscaba alternativas más científicas que a lo mejor le incentivasen a nuevas excursiones. En un asado en la casa de su amigo Juan estaba más hablador que de costumbre al mismo rato que sentía lapsos de tiempo, segundos en los cuales no se acordaba bien lo que pasaba, pero que siempre terminaban con su mirada buceando en los profundos ojos de Marcela, prima de Juan a la que volvía a encontrar después de tres años. Sonreían un poco sorprendidos y después de una larga semana ella por fin aceptó su invitación para una cervecita a solas en el boliche cerca del consultorio de psicología donde atendía. Lo que sería una simple explanación sobre el tenor de su trabajo para cortar el hielo, rápidamente centralizó la atención de Julio en el instante que ella le expuso que una de sus herramientas en las terapias era la regresión a vidas pretéritas. Todavía no sabía que reencontraba la mujer de su vida a cuyo corazón permanecería atado hasta el fin de su existencia. A lo largo de las siguientes semanas en las cuales las afinidades comunes se confirmaban y luego de algunas charlas, estudios y consultas particulares, su nueva pareja aceptó hacerle la retrocesión en una noche cálida y tranquila en la ciudad que estaba vacía debido a las vacaciones escolares.

Primeramente sintió su cuerpo un poco más liviano y su mente sutilmente mareada. Bajo la conducción de su novia, que lo orientaba para que su clarividencia lo llevase automáticamente a algún acontecimiento fundamental, vio dibujos inconexos y desenfocados hasta distinguir la figura de un señor entrado en los setenta, sentado en una butaca, reposando sus manos sobre un bastón en un lugar que se asemejaba a una biblioteca particular, algunos libros de medicina y un portarretrato con la fotografía en blanco y negro de una pálida mujer. Tardó un poco en contenerse y relajarse para poder ver al ambiente más tranquilamente. Se fijó detenidamente en el anciano que, salvo los ojos, no se parecía al de la villa. A juzgar por su lenguaje corporal, parecía triste y desilusionado con su mirada perdida en el vacío de la penumbra. Se postró delante del supuesto médico que apenas lo descubrió sin mayor asombro, buscó leer detrás de las oscuras cortinas depresivas cuando sus miradas nuevamente se cruzaron.

—Lo siento, me faltan fuerzas —balbuceó el viejo—, viniste demasiado tarde al árido desierto de mis obras terminales, inevitablemente cosecharás mi sembradura. Seremos siempre consecuencia, ojalá que una vez logremos avisarnos a tiempo, libertarnos.

IV.

Julio no hesitó en ingresar por el camino de los estudios y de las experimentaciones, armonizándose lentamente al amor de Marcela que le abastecía con obras sobre filosofía de la reencarnación de hindúes, de prácticas meditativas orientales, de exámenes y análisis compiladas por Allan Kardec como base del Espiritismo, así como estudiaba la vertiente académica que su novia le pasaba. Más allá de ensanchar la base de conocimiento, les parecía fundamental el diálogo, momentos en los cuales discutían dudas y sentían íntimamente ganas de moverse juntos, ciclos de vidas, una oportunidad más en las ventanas de la verdad, sentía que no podía volver a fallar.

Algunas veces al año solían pasar el fin de semana en la finca de los abuelos de Julio, a la cual se llega por una ruta precaria que corta vastos campos. Al atardecer, se alegraron con la vista de los cultivos de girasoles, que, según se acordaba Marcela, fueron sembrados en la última visita de ambos. El amarillo único les entraba por la retina y les traía paz y un sentimiento de gratitud.

—A veces veo la reencarnación como este campo —le comentaba a su futuro esposo sin mover los ojos del paisaje—. Cada vida es un cultivo que tenés que arar, conocer su intimidad, entender sus señales para sembrar en el momento cierto, cuidarlo y no desalentarse frente a las sequías. Imaginate llegar al final de una vida frente a un campo de girasoles…

Mientras escuchaba la última frase, la observaba desde una perspectiva que le parecía absoluta. Todos los detalles se potenciaban, los colores le parecieron más vivos, la voz más dulce y cristalina, la velocidad del auto más lenta, sus labios más blandos, sus ademanes más naturales, sobre todo su mensaje más profundo y el amor más sublime, pocos segundos que se grababan en su espíritu, foto instantánea del alma que abarcaba todos los detalles, sentimientos y significados, un recuerdo inmortal.

V.

Tirados en la hamaca de la terraza disfrutaban del tinto escuchando las diferentes historias de los abuelos que nunca perdían entre ellos el cariño y la admiración hacia el otro.

Mientras las mujeres preparaban juntas la cena, Julio quedaba muy a gusto charlando con su abuelo, escuchaba atentamente sus teorías de cómo vivir la vida. Hablaba sobre la felicidad cuando notó que su abuelo inclinaba la cabeza hacia arriba como si estuviese buscando la hilacha de sus reflexiones. En el instante en que pareció recuperar el pensamiento, advirtió al lado del abuelo la etérea imagen del viejo de la villa, vestido de blanco. Desde su frente salía un chorro de luz blanca que se comunicaba directamente con la del anciano.

—Sin embargo, la búsqueda por conocimiento de nada sirve si no es acompañada de íntima evolución moral, ejemplificándola, peldaños de caminos hacia siempre —declararon ambos simultáneamente, con la frente iluminada que les unía el pensamiento y el movimiento de los labios. Lo último que vio desaparecer de la imagen del viejo, en el momento que entraban Alba y Marcela con las empanadas, fueron sus conocidos ojos.

Al acostarse le relató a su novia la escena de la terraza destacando especialmente el fenómeno que por primera vez había sucedido, que el viejo de la villa había venido hacia él, actuó por iniciativa propia, que supuestamente disfrutaba en su dimensión de la misma libertad de ir y venir, de buscarlo y de hablarle. Acostumbrado a abrir puertas, se sorprendió cuando abrieron la suya.

VI.

Se decía a sí mismo que la razón lo llevaba siempre hasta un punto en el cual necesita traducirse en emoción, en alguna clase de experiencia, en *Erlebnis*. Consideraba que los sentimientos le alteraban la forma a una idea hasta alcanzar la resonancia, conexión potenciada por sentimientos generando momentos de paz interior. Había algunos pocos días, como el de hoy, en que sentía una conmoción en el corazón al despertarse. La sentía cerca y se sentía menos incompleto, al mismo tiempo que se alegraba percibía cómo la extrañaba.

Tomado por esta sensación salió por la mañana por el pueblo a dar clases, luego analizó el proyecto del centro de enfermería que reivindicaban con Don Fernando y con Don Ramón que le enseñó su soneto de amor que había compuesto en honor a su musa Doña Marcela. Por fin preparó el Evangelio de la noche para el centro de fe que había erigido con Marcela y se animó a ver la puesta del sol que teñía el cielo de naranja y violeta intensos. Debido a su edad, tuvo dificultad para trepar sobre las piedras y recostarse en su asiento de piedra, obra de la naturaleza, para cerrar sus ojos y sentir el viento. La figura de Marcela en el auto cerca de la casa de sus abuelos hablándole de girasoles se formaba nítidamente. No guardaba fotografías de su esposa para que no volviesen a gastarse junto a horas inútiles en algún portarretrato de una biblioteca, seguía fiel e intacto a la imagen y a los sentimientos de aquella tarde de amor sincero.

—Te esperaré más allá —le había dicho con su último hilo de voz, antes de que los ojos se cerraran definitivamente. Se acordó de innúmeras veces en que la caridad lo había erguido otra vez, en que una mano estrechada hacia el próximo era un fortín frente al desconocido. Era su manera de sentirse cerca de Marcela, de sembrar esperanza.

Calmado por el movimiento y el sonido de las olas, sintió a su lado la figura de aquel joven, cuyos ojos ya había visto en algún lugar. Sabían que no volverían a verse, que las decisiones del camino de una vida los acoplaban definitivamente en aquel instante, unificando los rostros, sus tesoros íntimos. «Nadie escapa a la ley del amor», decían en silencio con los mismos ojos húmedos.

Bajó de las rocas, pasó por el picadito del final de la tarde en la playa, caminó acompañado por dos perros vagabundos por las callejuelas de arena hasta llegar al portón de su casa. Sentía los colores más fuertes, los aromas más intensos, el tiempo casi detenido y su viejo cuerpo cada vez más liviano. Mientras avanzaba lentamente por el camino que llevaba hacia la estrecha puerta de entrada de su vivienda tuvo la

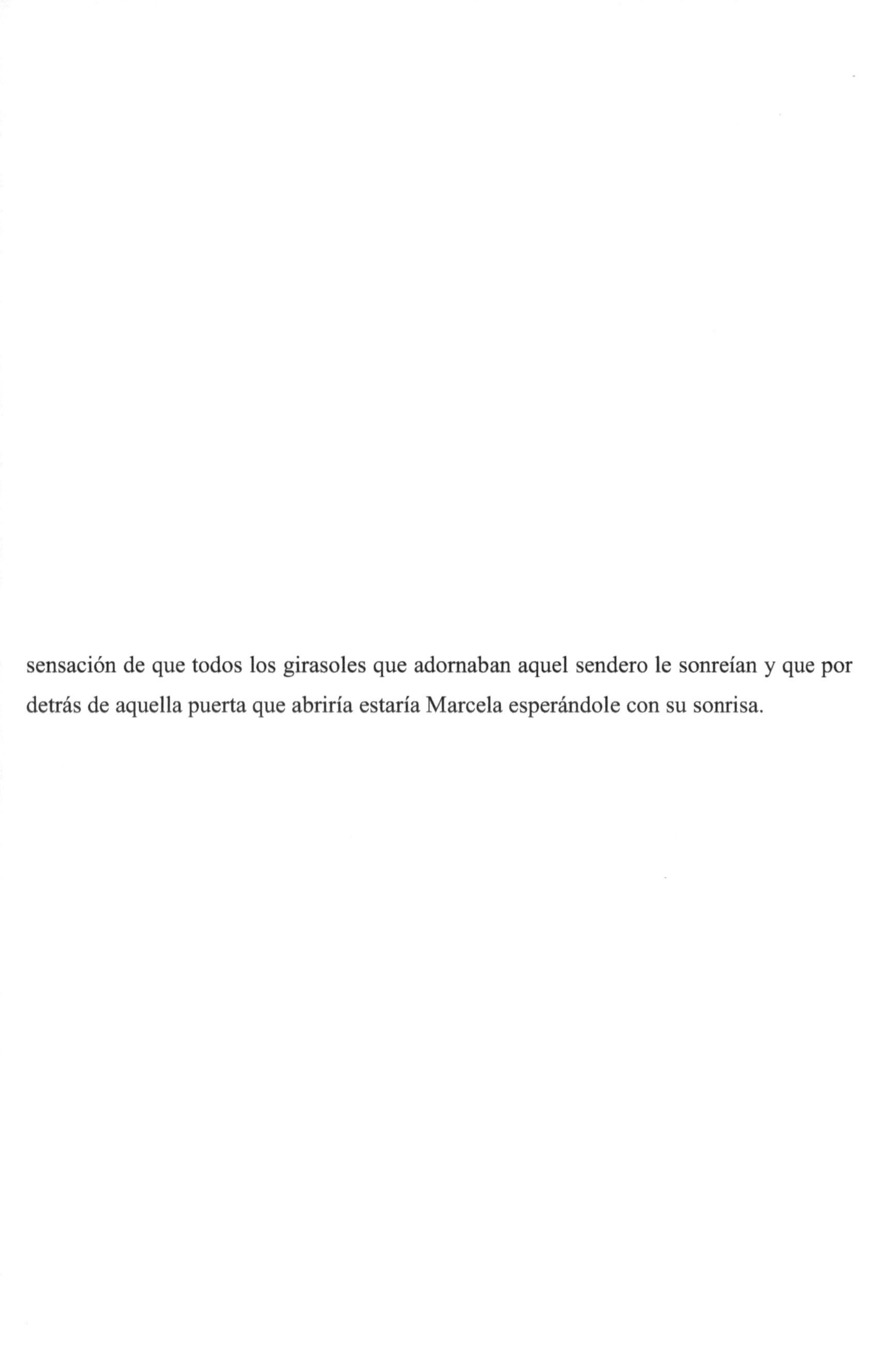

sensación de que todos los girasoles que adornaban aquel sendero le sonreían y que por detrás de aquella puerta que abriría estaría Marcela esperándole con su sonrisa.

Tierra prometida

Teníamos registros de desastres naturales, fenómenos cíclicos, cataclismos que parecían restablecer el equilibrio, respuestas de la naturaleza. Pero lo de ahora era muy duro y largo, ya veníamos sintiendo los cambios, evidencias vivas de causas y efectos que nos acercaban al punto de supervivencia.

Por el quinto año la sequía castigaba por más tiempo a la tierra sedienta, las pocas lluvias ahora se concentraban en menos días, en forma de tormentas furiosas. Nuestras plantas no resistieron a esas variaciones y las cosechas casi desaparecieron por completo.

Hablé con el compadre que por su lado ya había comentado el tema con su familia y así se fue incrementando la discusión hasta que todos nosotros, los de aquel pequeño poblado, decidimos que empezaríamos a caminar. Llevaríamos solamente lo necesario; igual, cosas de valor material nunca existieron por allí. El suegro del compadre llevaba en el carrito su televisor, ese que siempre dejaba en la plaza del pueblo, debajo del enorme árbol cuyo esqueleto seco ahora se asemejaba al cansado caballo.

Hicimos un listado con el nombre de todos los del pueblo así como algunas peculiaridades que a lo mejor nos parecían importantes, tales como estado de salud, aptitud para andar o necesidad de un medio de locomoción especial, edad, animales, cantidad de comida y de agua. Esa función me tocó a mí porque yo era uno de los pocos alfabetizados. Al principio éramos cuatrocientas treinta y seis personas, dentro de las cuales se destacaba la cantidad de niños, que formaban más del cincuenta por ciento. Por otro lado, contamos pocos ancianos, ya que la expectativa de vida es baja por acá. De los catorce registrados, casi todos necesitaban ser transportados con prioridad en los carritos que preparábamos.

Lo que se escuchaba era que los refugiados ambientales empezaban a reunirse alrededor de la principal ciudad del estado, cerca de la frontera, a unos doscientos kilómetros de acá. Si caminábamos cruzando el altiplano la distancia era más corta, pero decidimos ir por la ruta principal, al costado del resecado lecho del río. Con suerte pasaría un camión que se compadeciese en especial de los ancianos y los llevase junto al compadre, que se responsabilizaría por acomodarlos, además de preparar nuestra llegada.

Partimos al amanecer sin llantos ni lamentos, aparte de algunos bebés quejosos. Estábamos acostumbrados desde generaciones remotas a cultivar la tierra, subsistíamos de sus frutos y de los ciclos de la lluvias, hace mucho eternizados en los calendarios lunares de los extintos nativos. A la cabeza iban el compadre y el suegro indicando el camino y dictando el ritmo mientras yo era el colista, el último enlace de la cadena. Delante de nosotros iba el vecino con su familia que ya se ponía en marcha y quedábamos solamente nosotros para salir de la árida inercia. No me tuve ganas de mirar hacia atrás, observaba esa serpiente humana avanzando lentamente, culebra agonizante de mirada baldía buscando alimento y agua.

El polvo se pegaba al sudor de la frente, únicas gotas de panzas casi vacías, respiraba calor seco y caminaba con la mente puesta en oración, cuando la lucidez así lo permitía. Dependíamos de la fe. En realidad no sabíamos qué buscábamos o qué nos esperaba en la ciudad, la única certidumbre que teníamos era que permanecer en el poblado significaría muerte segura y que cualquier alternativa diferente de esa sería mejor, instinto que opta siempre por vivir. No creíamos en falsas ilusiones como hallar tierra fértil en la que pudiésemos plantar, encontrar algún empleo para obtener comida y remedios, salimos necesitados de Dios y de la caridad de las personas para resistir cada sol, cada noche, cada hora y cada pensamiento.

El objetivo de los primeros seis días era llegar sanos a la ruta principal antes del atardecer, pero todo dependería de la salud y del ritmo de todos. Era difícil raciocinar cuando corrientes físicas desencadenadas por el hambre, por el estomago achicado, se adueñaban de los pensamientos y de los sentimientos, ocupaban el cerebro con constantes preocupaciones y pánicos frente a la inminente debilidad, desaliento o posible muerte de niños y ancianos. Empujaba el carrito en el cual se encontraban mi suegra y mis hijos, avanzaba con la cabeza gacha, observando las huellas de los demás por el camino, mis pies, los pasos, derecha, izquierda, el movimiento repetitivo por primera vez relajaba mi mente, borraba por un instante las sensaciones de miseria y sus angustias.

Todo se dilataba, empezando por la noción de espacio. Ya no tuve referencias una vez que el poblado se hubo perdido de vista a unos pocos metros de la caminata, en la primera curva del lecho del río. El sinuoso valle por veces imposibilitaba avistar la figura del suegro formando la cabeza de la serpiente y mucho menos era posible adivinar indicios de la ruta. Los picos de las montañas, antes nevados y formadores de ríos, ahora parecían más distanciados y opacos, mudos e indiferentes testigos de esa desazón ambulante.

El tiempo también era una dimensión indefinida. Me acordaba de mi último reloj, parado en algún tiempo remoto, el segundero implacable dividía el día en tactos, cada uno con la misma incertidumbre, partía minutos, horas y días. Esa percepción dejó de existir, no restaba importancia, acá se trataba solamente de día y de noche, de luz y de oscuridad, de la crudeza de la conciencia y del alivio del sueño. No sabía precisar cuántos minutos u horas caminábamos, solamente registraba que mi sombra perdía en superficie, condensándose lentamente en un punto.

Pese a que todos habían abandonado sus hogares, el hecho de que volvíamos a tener un objetivo y que estábamos nuevamente en movimiento añadía a las miradas algo de inexplicable esperanza y solidaridad. Casi no hablábamos mientras marchábamos, éramos un destino común formado de silencio, pero en las paradas nos recordábamos del hambre, las miradas, inexpresivas y agotadas, volvían a tener la opacidad y el vacío de la misericordia. En el inconsciente buscábamos clemencia, alma que abandonaba el cuerpo para no malgastarlo, como picaflores en sus noches de letargo.

Habría que encontrar respuestas en la fe que, de la misma manera que el tiempo y las distancias, necesitaba ser expandida. No encontraba una respuesta coherente sobre nuestro destino implacable basándome en la vida de cada uno que caminaba. No había registros en nuestro pueblo de robos, de actos violentos, todos siempre compartieron lo que había, desde la única tele del suegro hasta los granos de maíz. Teníamos pocas cosas materiales pero una de las consecuencias indirectas era que vivíamos muy cerca de las primeras leyes, de los diez mandamientos, no robábamos, no deseábamos lo que no era nuestro, no matábamos y creíamos en Dios, ¿cómo explicar la miseria?

Por las noches, después de reunirnos inicialmente para discutir los procedimientos del día siguiente, nos congregábamos alrededor del cura, que siempre nos alentaba y buscaba enlazar los hilos sueltos de la esperanza.

—«Mi reino no es de este mundo», dijo el maestro Jesús. Hay esperanza para todos nosotros —finalizó el párroco en su sermón de diez minutos, tiempo máximo de concentración de los extenuados caminantes.

Nuestra realidad era tan cruda que la existencia de otros orbes y reinos era casi un alivio para mí, una nueva forma de esperanza. Me pareció intrigante el hecho de Jesús nos hablara de otros mundos a los cuales podemos acceder y me preguntaba cómo uno puede arribar con los suyos a ese reino, salir cuanto antes de esa pesadilla de sufrimientos en la cual nos encontrábamos.

Al anochecer, tras tomar un vaso de agua y un trozo de pan, nos acostamos al aire libre, de nubes ni señal. Tuve un sueño raro, arribaba a un lugar fresco, rodeado de personas que me sonreían y que calmadamente me iban cortando algunos hilos tenues que salían de mi cuerpo mientras que alguien parecido a un doctor reposaba su mano en mi frente pasándome una sensación de extrema relajación. Era una sensación rara, sentía que por un lado mi cuerpo se debilitaba y me pesaba más, pero por el otro lado, que mi alma estaba más liviana.

Preocupado, me despertaba con frecuencia, me temía lo peor porque mi hija estaba muy débil y desnutrida. Sin vacilar, le di gran parte me mi ración de agua y pan y con eso se calmaba.

Al siguiente día me sentí un poco más dispuesto por la mañana, intentaba alentar a mis compañeros para seguir adelante, hacia la ciudad de la salvación. Una vez que encontrábamos la cadencia de la marcha, mis ojos se cerraban, como si tuviese un piloto automático en algún lugar de mi cerebro que se responsabilizase por mantenerme caminando en el sentido correcto. Mientras tanto me concentraba en mi cuerpo. Empecé a escuchar mi respiración, el flujo de aire cálido llenando los pulmones, la mente buscando mover las piernas, y al fondo, un poco descompasado, el corazón. Percibía mi sangre espesa y mi garganta totalmente reseca. Después de un rato largo, como por inercia, miré al costado y me sorprendí un poco al ver al doctor por acá, estaba seguro de que habitaba el mundo de sueños, por la noche ya le hablaré al suegro para que verifique si el doctor estaba en la lista de caminantes. Sería bueno tener un médico entre nosotros y pese a que me era familiar, no me acordaba de él en el pueblo. Había algo en su rostro que me intrigaba, algo irreal, pero no llegaba a ninguna conclusión porque mis pensamientos eran demasiado sueltos y luego se consumían.

Armamos las carpas para el almuerzo y otra vez me apiadé de la hija y volví a compartir mi parte de agua con la pobre. Al acostarme bajo el carrito me acuerdo que fue la primera vez que vi realmente al doctor de cerca, sentí su mano en mi frente y mi último pensamiento antes de desfallecer fue cómo lograba mantener su ropa tan limpia, tan blanca en medio de la polvorienta sequía.

Ahora los sueños se repetían, se me cortaban más hilos, no sé muy bien lo que significaba eso, seguía caminando en compañía del doctor, que curiosamente tenía el mismo ritmo que yo, si bien estaba mucho más entero.

—En algún lugar de la ruta, doctor, en alguna curva, la ayuda; en alguna llanura, la ciudad, quizás la salvación de mi hija y de muchos más. Ahora que ya vamos caminando lado a lado por un buen rato, le confieso que no me acuerdo hace cuántos días venimos recorriendo esa tangente. ¿A usted también le tiemblan las piernas? Le pregunto porque igual que a mí, noto que usted también ha reducido el ritmo de los pasos. Es mejor así, hoy mi cuerpo pesa una tonelada y estoy muy cansado por haber velado a la hija por la noche; por Dios, la ración extra la está haciendo resurgir, ¿no le parece, doctor?

—Perdón si no le escucho bien, doctor, es que hoy me cuesta mucho raciocinar, a veces mi mente se apaga por un rato y tardo en ubicarme. Ahora mismo no veo nada más delante de mí que sus pies, sus sandalias y el final de su túnica, necesito llegar a la siguiente parada, creo que en algún momento me habían dicho que ya estamos en la ruta principal hace unos días, en algún momento llegaremos al campamento, a nuestra tierra prometida. Por ahora rezo por descanso, ¿puedo apoyarme un poco en usted?

En el instante en que yo pensaba cómo era posible que, pese al hambre y la miseria, el doctor no tuviera el cuerpo escuálido como nosotros, la serpiente humana paró para el almuerzo del sexto día y mis ojos se cerraron como una cortina de teatro. Fue un sueño muy pesado del cual no guardé ningún recuerdo. Cuando recobré los sentidos estaba nuevamente al lado del doctor que nunca me descuidaba.

—La verdad es que estoy un poco confundido, doctor, desde la siesta me siento mucho mejor, los pasos casi no me cansan, incluso la sensación de sed y de hambre han disminuido mucho.

Estaba tan dispuesto que incluso decidí junto con el médico subir al mirante al lado de la parada donde, según los carteles, se podía avistar la ciudad. Llegamos rápidamente, estaba feliz y ansioso por estar cerca del destino que, en la cima, se dibujó en forma de un mar de carpas de la Cruz Roja a un par de kilómetros de allá.

Eufórico, bajé corriendo, quería avisarles a todos que estábamos cerca, que la caminata había valido la pena, que nuestros esfuerzos serían recompensados, transmitirles la esperanza que ahora más que nunca sentía en mi corazón. Frente a la falta total de repercusión, miré cada uno a los ojos diciéndoles que había esperanza a la vuelta de la curva, que yo estaba seguro de que en algún lugar estaría el reino de Jesús, hay que seguir caminando siempre. Abracé a la hija, que se restablecía poco a poco, pero no pareció notar mi presencia.

Como solía pasar en los últimos momentos, aparte del doctor, nadie me miraba o escuchaba. Al comando del suegro, la serpiente se movía para su tramo final. En el último carrito, ahora comandado por el vecino, vi mi cuerpo envuelto en una sábana blanca.

Dos soles

—¿Cómo así dos soles? No es posible, m'ijita —dijo sonriendo, le fascinaba la improvisación, la sorprendente inocencia e imaginación de los niños, pensamientos de una dimensión que le parecía paralela.

—Me preguntaste cómo sería mi mundo de sueños, papá, y el mío tiene dos soles… —le contestó con aire casi fastidioso.

Julia recién cumplía cinco, le daba su mano derecha por encima de sus hombros mientras que en la otra llevaba al mono Caco, el peluche que por supuesto también hacía parte de su mundo que intentaba describir a Jorge.

—Y el cielo es color naranja, como en las puestas de sol en la finca del abuelo. ¡Ah! y allá nunca hace frío —siguió, fingiendo repentinamente preocupación por Caco, al fin y al cabo sería muy peligroso si se les escapaba en medio del parque. Julia constantemente construía en su realidad un mundo de fantasías, las creaba de acuerdo con su mente, sus deseos y su irreprimible vocación por la felicidad.

«Quizás es esa la diferencia», se decía el padre, cuyos pensamientos estaban un poco más dispersos, se lo veía un tanto alejado, «la imaginación de Julia no tiene límites, va por campos abiertos lejos de realidades plausibles, más cerca de tocar al cielo que al suelo».

Intentaba ubicar en qué fase de su existencia había perdido esa ingenua manera de ver la vida, si era la edad o la necesidad de juzgar las situaciones que lo dejaron más seco, verdades e imágenes, ademanes y el peso de las palabras, una manera de vestirse, otra de sonreír, inteligentes ironías. Se sentía siguiendo a la gente, las corrientes comunes, desviándose de sus plenos horizontes, ilimitadas libertades de cuando jugaba fútbol en las calles del barrio, mundo de héroes inexpertos.

—En mi mundo tendría dos hijas, ¡gemelas! Imaginate qué lindo sería si tuviese a dos Julias, dos sonrisas, doble cantidad de abrazos y alegrías, como las que me das todas las veces que puedo verte, ¡serían mis dos soles!

Lo miraba desconfiada pero una vez más no lograba esquivar los abrazos y besos que la derrumbaban en sonrisas. Saberse amada era su felicidad, confiaba ciegamente en que Jorge la iba agarrar firme cuando saltaba de los gajos, «siempre estaré, m'ijita, de otro modo yo no sería feliz». Había códigos del alma que se establecían sin palabras.

—Si tuvieras una hermana melliza, las confundiría siempre, tendría que dibujarte todos los días un sol en la mano para distinguirte —finalizó dejándola de vuelta en el piso, junto al peluche rescatado.

—No, no, papá, no es necesario, basta con olernos así como lo hace la madre de Caco, ella siempre lo reconoce por su olor —era la solución de la lista niña.

Al padre esa alternativa le pareció lógica y simple. Definitivamente no tenía idea de qué olores tenía almacenado en su mente, eran pocas las fragancias registradas en su memoria olfativa. Reconocía los aromas del café, de un asado, de algunos condimentos, de un auto nuevo pero era cierto que no se acordaba del olor de ningún país, de ningún lugar o de un cuarto, de ningún recuerdo y mucho menos el olor de una persona. Y los demás sentidos ¿cómo andarán? ¿Estaría escuchando mal, viendo poco?

—Contame, Julia, en ese mundo tuyo, ¿existen más colores que acá en la Tierra? —le preguntó ya haciéndose mentalmente el diseño de todo lo que le iba a contar respecto de este planeta ahora compartido.

—Los colores de todas las flores, papá —describió Julia.

¡Justamente flores…! Jorge no sabía distinguir un crisantemo de una margarita, asimismo formó paulatinamente un dibujo en su mente, creación instantánea de un campo interminable repleto de flores de todos los tipos, combinaciones irreales de colores y de formas. Por un instante imaginó haber sentido hasta el aroma del frescor del campo. «Está todo en la mente», pensaba, «imágenes, signos, puertas, almacenes de la memoria, aspiraciones, algunos orígenes olvidados». Hace tiempo no fantaseaba así, se creía demasiado previsible y aburrido, solamente buscaba crear imágenes para esconder lo real, así como todos.

—Seguramente que en nuestro mundo habrá bife con papas fritas todos los días de almuerzo, ¿no es cierto, mi linda? —reanudó Jorge tomando gusto por el juego de imaginación.

—Y de postre un flan gigante, papá. ¡Ah! Y bananos para el Caco —enganchó su joya preciosa.

Ahora seguían por un sendero al margen del lago buscando flores para que el Caco pudiese sentir los olores, ya que el pobre vivía en un departamento y lo echaba de menos, acostumbrado que estaba a sus días de jungla.

De una cierta manera Jorge se sentía más animado, la fantasía que le permitía a Julia imaginarse dos soles, ese motorcito de ensueño que viabilizaba lo imposible, se volvía a despertar, lo ubicó enclavado entre sueños del cotidiano de búsquedas por objetivos profesionales y sociales. Temió que se hubiera alejado de un vasto mundo posible para construir paredes pálidas y que ahora, protagonista de la vida, fuese rehén de costumbres tibias.

Mientras caminaba se preguntó si estaba lejos de lo que soñaba ser, sin referirse a situaciones exteriores, lejanas de su control, sino a las necesidades y deseos y las correspondientes acciones y expresiones. Querría ser más hijo, más hermano, más amigo, teñir de colores los caminos de su vida, permitirse el desahogo en forma de amor, cambiar el grito por un abrazo fuerte, por una mirada repleta de paz, hacer de una aparente fragilidad una fortaleza de carácter, crecer y justificarse a través de la continuidad de un sentimiento único capaz de alimentar siempre.

—Papá, ¿puedo recoger estas flores y llevárselas a abuela? —le preguntó alegremente la hija delante de un par de flores de variados colores intensos.

—Si las sacás, m'ijita, los demás no las podrán ver. Podés memorizártelas, las formas, los olores, los colores y un pensamiento muy lindo para abuela. Cuando regreses le describís todo y le regalás ese momento, como con nuestro mundo, ¿qué te parece?

Sabía que lo que sentía hacia su hija era amor y que ese sentimiento lo podía reinventar. «El amor es una finalidad existencial», pensó, «un canal que lleva a cabo su designio por no perder el acceso al mar de la vida, a Dios».

En seguida formó la imagen de un mar en su mente, era una fuente de aliento que hacía temblar sus nudos y sus pálidas murallas, el agua era luz y lo inundaba desde adentro. Igualmente se sentía querido, tal como el fruto por el árbol, segundos por la vida, gota por el océano, obra por el creador, el Hijo por el Padre y por todos nosotros.

—¡Andá más lejos, papá, más lejos! —eran los gritos animados de Julia.

Él siguió por el sendero hasta que Julia le indicase la distancia correcta, su reto era correr lo más rápido posible para saltar en los brazos abiertos de su padre, un juego que cultivaban desde siempre y que a Jorge le provocaba profunda emoción, quizás por el significado subliminal de aquel acto, transformado en recreación, en gesto de amor y de confianza. Mientras se plantaba y abría los brazos, señal para que Julia bajo sus soles iniciase su corrida, no distinguía si era irreal, si era una consecuencia del juego imaginario de su joya preciosa, Julia de sonrisa pura. Jamás se lo contó a nadie por no querer pasar por loco y por estar convencido de que no se lo merecía, pero a mí me confidenció que en aquel momento Él no se le mostró como un distante iluminado, inmóvil sentado en el altar de gloria a la derecha del Padre, no sabía cómo eso era posible pero Él estaba a *su* lado, con los mismos brazos abiertos y lo miraba a sus ojos ya nublados, le decía que los acompañaría siempre. Estaba seguro de que Él existía, que la reconciliación con el Todo era el amor, ese que los libertaría del cautiverio. Julia corría bajo un cielo naranja, el origen a determinar las herencias, ambos brazos abiertos se juntaban en el salto conjunto hacia el renacimiento donde el amor es asunto de todo.

Ecos

*El término apometria viene del griego **Apó** –preposición que significa «más allá de, fuera de», y **Metron**, relativo a medida. Representa la clásica división entre el cuerpo físico y los cuerpos astrales (o mentales) del ser humano. Es, en esencia, la separación de estos componentes, inducida por pulsos energéticos dirigidos.*

Algunas sensaciones emergen cada vez que Mercedes se sienta al piano y toca sus melodías, sus vibraciones recónditas, expresando jirones del inconsciente, notas que casi siempre contienen más sentimientos y emociones de las que yo puedo comprehender. Hay una diferencia clara entre Mercedes-palabra, Mercedes-mujer y Mercedes-piano, una Mercedes-melancolía cuyas notas son consecuencia de su mirada, su introspección. De todas, la Mercedes-piano es la más completa, siempre entera, siempre verdadera por las diferentes interpretaciones que la música permite, de todos modos desnuda pero, desde mi perspectiva, preservaba su intimidad, inaccesible, inviolable.

Siempre la observaba desde mi butaca, un poco incomodado por ese mundo de Mercedes-piano donde nada me era revelado claramente, atento a los mínimos detalles, efecto de mi indelicada costumbre de fijarme en los gestos más discretos de las personas, como si el mensaje de los pormenores más sencillos revelase el mismo contenido secreto que palabras no pronunciadas.

«El problema es que vos no te dejás llevar por la música», me explicaba desde el principio, hablaba de entrega, de pasillos, de libertades desatadas, de verdades intrusas, de existencias disimuladas, en realidad en algún momento ya me había dado cuenta. «Al instante que la música trata de revelarte algo, vos la intentás atrapar, aspirás detenerme, es tu egoísmo. La clave está justamente en lo opuesto, comprenderías si te permitieras». Cómo me gustaría decirle que no, que ya el silencio que antecedía la primera nota me aceleraba el corazón, que sus ecos eran verticales, saltaban sobre profundas grietas, que sus acordes proyectaban palabras-malabares para que entonces, en algún inequívoco momento, su mirada profana, su primera desnudez, su suplica me devolvían mis posibles frases caídas por el suelo delante de mi incontrolable ansiedad.

Me había acostumbrado a aprovechar sus excursiones por el piano para afinar mi percepción y adentrar a una especie de ambiente interior propicio para escribir. Pese a que necesito de total silencio para hacerlo, me gusta activar mi mente con recursos externos, el vino, los fasos, las fumarolas, el piano y la figura de Mercedes, argumentos combinados que forman una nube de ideas a las cuales trataría de acceder posteriormente, cuando el silencio interpreta hallazgos inconscientes.

Tengo una cierta metodología al escribir, mis bocetos de cuentos tienen una estructura e intento limitar las opciones del desenlace para no perderme por caminos condenados a la nada. Pero hay excepciones. Recuerdo que hace un par de meses Mercedes interpretó una composición de cuño lastimoso que transporté hacia mi hoja blanca sobre la cual traté de desarrollar el esbozo. La idea inspirada por sus notas era pura intuición, no contemplaba estructuras, formas ni esquemas literarios, simplemente era un sentimiento en formación, ilimitado, que nacía de la íntima fuerza de existir, de su naturaleza de expresarse, de volver realidad. Entonces escribí ignorando la siguiente palabra, como si cada nuevo vocablo revelase el secreto de un instante, incógnitas abiertas por las frases. En medio de esa actividad casi febril, solapadamente me di cuenta de que escribía sobre ella, sin final intuido, retratando un personaje vivo que no sabía dónde existía.

Desde aquel día tuve la asfixiante convicción de que Mercedes tocaba para mí, que sus notas e interpretaciones eran cómplices mudas que comandaban el cuento y de esa manera conocí a otra mujer que se fundía con la actual, un sudor frío, separadas por la tenue franja de mi torpe intento de controlar su metamorfosis (no sé por qué pensé que podía controlar los cambios). El personaje (le puse el nombre de Beatriz, más por miedo que por convicción, luchando con mis dedos que sobre el teclado me querían decir otra verdad…) estaba angustiado, quizás debido a la milonga que lo había creado, y vivía en una época remota, usaba vestidos sencillos cubiertos de polvo, el pelo atado, un poco diferente a Mercedes pero hecha de la misma cepa encantadora, tentadora, manejaba con gracia sus herramientas, que moldaban las piedras que su labor transformaba en esculturas que seducían, cuerpos viriles por un lado, mujeres desnudas y anhelantes por otro.

En el cuento se juntaban otros elementos, dentro los ellos su marido, bastante mayor, de articulaciones tiesas por la artritis y los pulmones llenos de polvo que hacían de cada respiración una breve salvación quejumbrosa. Proporcionalmente a su senectud crecía su desconfianza hacia su mujer, principalmente por conocer los caminos entrecortados entre el arte y la sensualidad, adornada por la riqueza de metáforas y de mensajes subliminales que solía existir entre los artistas (¿no ha sido así que me acerqué a Mercedes?), principalmente entre aquellos que frecuentaban su atelier o ambientes vanguardistas donde los poemas, las miradas, la música, las risas, las pinturas, el vino, el opio, la insinuación, las escaleras, los jadeos…

—A veces siento que no debo firmar mis poemas —le decía un joven atractivo en un sarao de entonces—. Me siento como usurpador de obras ajenas, de un mundo de inspiración.

—A lo mejor esa frase tampoco es tuya —le contestó Beatriz con cierta picardía—. ¿Nunca te lo planteaste? De mis esculturas afirmo que soy dueña, son combinaciones de mis dualidades, lo suave con lo tieso, lo fuerte con lo blando, la piedra con el sentimiento, el pensamiento con la forma. Constituyen partes de mi realidad pero la inspiración viene del todo, de algo todavía desconocido, entero, quién sabe ajeno. Los equilibrios, ya sabe usted….

—Entiendo como equilibrio un alma inmortal, menos materialista, más urgente, esencialmente entera —le devolvía el poeta mirándola profundamente en sus ojos color miel, antes que el marido volviese con las bebidas y sus evidentes celos.

Al fondo las blancas manos de Mercedes tocaban añoranzas, mientras repantigado en mi butaca seguía fumando, mis fumarolas y sus diferentes dibujos, igual que nuestras mentes, construían, intuían, deshacían, formaban sospechas, impresiones rápidas que no lográbamos registrar, voces al oído que no alcanzábamos a escuchar, olores fortuito que no reconocíamos, nuestros nombres olvidados.

El cuento se desenvolvía de dos formas. Una se abría con Mercedes-piano, sus notas rompían la caja negra de pensamientos donde los flashes y las sensaciones provocaban aquel ímpetu casi incontrolable de traducirlas en letras. La otra se infiltraba paralelamente en mi cotidiano donde imaginaba posibles puentes erigidos por Mercedes, miradas perdidas, ademanes ausentes, timbres de voz que inconscientemente me remetían a las similitudes del mundo de Beatriz coqueta y de su universo de fantasías en el cual no me sentía involucrado.

—¿Nunca pensaste en componer? —le pregunté.

—No, ya me satisfacen las ambigüedades y las alternativas de la interpretación. Sin embargo, una vez he soñado con una composición muy linda de la cual me olvidé al amanecer —me contestó cómo buscando vestigios en su memoria.

—Qué lástima —le respondí mirándola de soslayo.

—No importa, querido. La música existe en alguna dimensión y alguien algún día la va componer —concluyó con su tajante lógica insensata que la catapultaba a ese mundo donde dejaba de ser Mercedes, *mi* Mercedes, para ser cada vez más Beatriz y donde los poetas ahora eran mis fantasmas.

La Beatriz del cuento me consumía interiormente, hasta el borde de mi autocontrol y cada vez más las asociaba y las fundía en mí mente. Fastidiado, creía que Mercedes disimulaba sus anhelos oscuros mientras vivía su rutina de cónyuge y satisfacía algunos caprichos míos tales como traerme el mate a la hora que escribía, de acariñarme el pelo antes de dormir y de escucharme con atención a la hora que le leía un nuevo cuento en formación. Me irritaba su cinismo, hacía las cosas como si yo no supiese que su postura delante del poeta seguía viva, los disimulados cortejos recíprocos, su búsqueda por nuevos mundos después de haberse aprovechado de la influencia y del prestigio de su viejo marido que la introdujo al mundo del arte. De nada le servían sus femeninas retóricas si cada vez que volvía al piano se escapaba a su mundo de manzana mordida. Lo notaba en su lenguaje corporal, no movía solamente los dedos, pero a todo su cuerpo, insinuante, como si el banquillo fuese los muslos de un joven bardo, notas que dibujaban su lánguida desnudez. Tocaba con los ojos cerrados, se entregaba sin pudor al magnetismo de aquel momento.

Toda vez que tocaba Mercedes el sarao del cuento volvía a mi imaginación. Su marido claramente no podía resistir el cansancio, en parte ocasionado por las exageraciones de los narcóticos a los cuales no recusaba por no querer pasar por viejo, sobre todo porque la juventud de Beatriz y de otros presentes buscaba otros límites. Incapaz de resistir a la fatiga tuvo que ceder al acoso de Morfeo en una butaca desde donde certificaba que tuviera acceso visual directo a Beatriz por si acaso un aviso oculto lo despertase.

Al certificarse del sueño de su viejo marido, Beatriz reanudaba su charla inclinando ligeramente su cuerpo hacia el poeta.

—La piedra es inmortal, querido poeta, las esculturas son obras hechas simplemente con el primer oxígeno de la inspiración inicial, el principio completo que al final suelta todos sus sentimientos descubiertos y lapidados en una espiración humanamente profunda, dándole un aura a la obra, soplo de vida eternamente vinculado, obra y creador, algo irrevocablemente incondicional —le comentaba entre escote, con ojos brillantes por el vino, el asunto y la cercanía.

—La piedra, a diferencia de un poema en formación, no admite finales diferentes, tentativas o variantes, sino que necesita una definición eterna que tiene que acompañarla desde el comienzo, a veces disimuladamente o en el subconsciente, pero que a la hora correcta se incorpora y se manifiesta con tamaña fuerza, haciéndose mano, herramienta y martillo, golpeando definitivamente, surgiendo detrás de tu mente y del corazón por un sendero largo, profundo, a veces penoso, verdades de un auto retrato. Así nacimos —le devolvía sonriendo el poeta, rozándole suavemente las manos.

—Son bifurcaciones a las cuales llegamos después de quemar nuestras últimas garantías, cuando se decide que avanzar importa más que todo lo que se deja atrás. Así renacimos —contestaba Beatriz, sus labios carmín.

Los sentimientos y sus maneras de expresarse fluían naturalmente, sentían íntimas sorpresas, hacían de la incertidumbre, de lo inesperado, del próximo segundo, del siguiente acto, una sensación placentera al borde de la fantasía, inversión de valores que la vida devolverá en su momento oportuno ya que no se les pasaba por la mente resistir.

Mercedes toca inocentemente y se va, me deja indefenso frente al boceto del cuento cerrado silenciosamente vivo en el cajón de mi escritorio. Me pregunto si ella lo extraña, al poeta. Lo indago porque lo he enterrado y lo dejaré inmóvil dentro de mí. Hoy mis palabras buscan otra expresión, otras consecuencias que los ojos brillantes de lujuria y de seducción, de mi tonta vanidad y de mi promiscuidad. Pero en algún momento sé que sus efectos poco a poco están volviendo, lecciones del ayer, traídas por el atormentado sueño del viejo en su butaca y su angustiada mirada al despertar, para que yo lo sufra de la misma manera, un boomerang que he tirado lejos.

El único capaz de interceptarlo será el viejo y lo recuerdo cada vez que Mercedes-piano se me escapa a su mundo íntimo, inaccesible, donde se enamora, donde quizás traiciona, o donde a lo mejor también pide perdón. Envejecido interiormente por los remordimientos y por los celos que tanto me cuesta controlar, pruebo de mi veneno y busco la reconciliación, adormilado por las notas, sentado en la butaca de tal manera que la puedo observar, a la espera de otro afligido aviso oculto a sacudirme el cuerpo o tal vez, del libertador final de cuento en el cual decida perdonarme.

En una biblioteca, femeninas manos, suaves y delicadas, seleccionaban un libro sin título, tapa gastada, contenido inexplorado, discretamente olvidado en antiguos anaqueles y ojeándolo al azar, sospechó ser una historia reflejo de la suya. Se trataba de un hombre que atravesaba una extensa faja de tierras que desconocía para, día tras día y noche tras noche, intentar entenderse a sí mismo.

Había un pacto para vivir y algunas condiciones exigidas a ambos, antes de que todo reempezara. Él solamente podría comunicarse con ella a través de los sueños, todos esencialmente reales, pero de los cuales jamás se acordaría al despertar. A ella le tocaba leer su historia, cada día nuevas líneas, se precipitaba hacia las páginas, sabía dónde él se encontraba pero no le era permitido interferir en el desenlace de la narrativa.

El viajante conducía por caminos vagos salido de un lugar cualquiera de la vida y se puso a caminar buscando respuestas. Reflejos y dimensiones, laberintos de una ruta recta, fuerza de deseos al borde de sus libertades, el destino como consecuencia de acciones impulsadas por el germen durmiente de su ser, su núcleo y su origen.

Raquel descortinaba simultáneamente los nuevos horizontes vistos por el viajante de la infinita ruta patagónica. Enrique estaba cansado de situaciones que no le convencían, se desvinculó de capítulos incompletos, alma que escribía su libro que nadie leía, buscaba en el viaje algo que tranquilizase su angustia interior, esa añoranza apilada que rellenaba de vacíos su oportunidad de vivir.

La decisión de partir solo fue automática, desde el principio supo que estaría destinado a su soledad, solitario verano austral, sol del la noche que poco a poco lo aislaba del cotidiano.

Antes que se subiese al viejo jeep para seguir por la ruta de tierra que al anochecer se perfilaba junto al acantilado, contemplaba el mar y el cielo sin saber explicar por qué sentía como si sus ojos fueran a la vez los ojos de ella, compañera solamente intuida en el largo viaje, que allí se hacía certidumbre en forma de mirada compartida. Viajante errante, decidió captar ese momento, giró sobre su eje, «adonde sea que estés, verás exactamente lo mismo que yo», mientras ella, acomodándose en la silla, sintió su corazón latir y, por los ojos panorámicos de Enrique, vio el mar, la playa y el acantilado, la ruta de tierra, la inmensidad de la pampa patagónica, la puesta de sol y la sombra de las respuestas del interior de sus corazones, un eterno círculo completo.

Con el pecho lleno de nostalgia llegó al cuarto del residencial, cuerpo cansado en búsqueda de paz y de libertad. Raquel reposó por un rato el libro sobre su pecho, deseó con todo su corazón estar al lado del amado, rogó al cielo que le diesen un instante junto al viajante que, sobre sus rodillas, terminaba su oración, su agradecimiento y pedía al lado de allá una señal, un soplo del inconsciente que adivinaba asomarse. «Si este camino no sirve no recorreré otro. El amor, absoluto, simplemente vive, es», era lo que atinaba decir antes de entregarse profundamente al ansiado sueño.

Al siguiente día, así como en los anteriores y los siguientes, el paisaje único volvía a clavarse en sus ojos, en su cuerpo, en sus pensamientos, viento incansable de objetivo interminable, el termo, la matera y una etapa más en el desplazamiento interior. Manejaba por la ruta de carácter austral, en cuyo borde se alternaban flores amarillas y blancas, de las que le gustan a Raquel, cada vez más real. Suelto en aquella inmensidad parecía más libre, alma expandida que sentía su verdadera forma, laberinto de la mente cerca de la salida, respiración profunda que reconocía olores recónditos, rapidez de un pensamiento.

Raquel estremeció cuando leyó que a menudo las reflexiones de Enrique lo alejaban del presente e, impulsado por la ruta vacía y el horizonte amplio, lo transportaban a una especie de biblioteca, a una butaca libre y una estantería con diferentes libros. Mirando las tapas eligió el que más le gustó (en realidad son los libros que nos escogen), uno que trataba de una mujer que sentía el amor de sus existencias, presente en sus visiones de mente librada y que guardaba en su corazón los recuerdos de encuentros en los sueños, alimentos de esperanza y de fe, atardeceres de fuego, sin saber dónde hallarlo en vida.

No tenía prisa en su camino, imposible tenerla en días en los cuales oscurecía a las once de la noche, donde el camino era recto y no existían fechas u horarios distintos a los interiores, aunque todavía se alejaba, esperaba un día volver entero. «Si al auto aguanta», pensaba Enrique, siempre atento a un nuevo ruido en el motor, su rara lógica personal le decía que si llegaba con este antiguo jeep a Ushuaia podría paralelamente arribar a cualquier lugar del alma donde todo era posible.

Raquel se enteró que su viajante se acercaba a nuevas verdades, que él sabía que nadie lo observaba, nadie lo condenaba, nadie lo exigía, más allá del incesante viento patagónico, Kóshkil amigo que le sacudía debilidades, añoranzas e incertidumbres, para arraigarlo a sus certidumbres sagradas, a sus primeros pensamientos, aquellos que brotan justamente después de nuestra creación.

Imaginaba que el primer pensamiento de Dios había sido el amor, presente en las estrellas y en las flores imposibles de aquella ruta austral y se daba cuenta que nunca se había planteado dedicarse a ese Creador, antes de cualquier cuestionamiento existencial con sabor a postergación. Si Dios tenía un plan, todos formaban parte de él, muchos los llamados...

Recordó la vida sencilla de los apóstoles cuyos trabajos y valores eran la caridad, el amor sobre todo de manera humilde en todas sus acciones, matando el orgullo y la vanidad con sus pensamientos vigilantes y actitudes fuertes. Lo que más le impresionaba en aquellos verdaderos hombres de fe era que después de tomar el arado en sus manos, no volvían sus miradas hacia atrás.

Definitivamente percibió que ese sería un viaje que buscaba espiritualidad, río afluente que ganaba velocidad por las lluvias y tormentas en la cabecera, que inundaba y fertilizaba la tierra de sus sentimientos donde Raquel, atemporal, lo leía en la desembocadura de su mar y de su cielo.

El desierto realzaba las dualidades, la calma y el viento, noche y día, polvo y flor, uno consecuencia de la otra y algo por esperar en el fin del mundo, al final de la ruta 3 que sería en realidad el principio. Le quedaban todavía un par de días hasta llegar a Ushuaia, tiempo que aprovechó para tirar por la ventana el lastre de muchos pensamientos viciosos, de costumbres impensadas que resultaban en acciones pueriles, buscaba sacar desde adentro todo aquello que no era el principio, sus principios. «Pienso, luego existo», recordaba, negándose hasta librarse y comprender por lo que valía la pena vivir.

Al mismo tiempo que llegaba al final de la carretera, pensaba en diferentes momentos de su vida en los cuales figurativamente también había imaginado haber llegado al fin de un camino. La salida de la acogedora casa de sus padres que era su base y mucho más, un nuevo país, las amistades, su hija, el empleo y el desempleo, la salud, sentimientos incompletos, elegidas y solitarias tardes de sábado, nada que le tocase realmente hondo, que lo hiciese sentir caído y herido. Deseaba anticiparse a los hechos que antagónicamente sentía que ya habían pasado, harto de esperar por agua en su propio desierto, decidió caminar, contemplaba otro atardecer, fuego del cielo quemando lento.

En la clara noche austral en Río Grande, a pocas horas de Ushuaia, adonde pensaba arribar a la mañana siguiente, juntó piedras lisas en la playa, botella de vino en la mano, pensó por algunos instantes si ella existía, y nada sintió que no fuera su propia soledad, aislado, incomunicable que estaba por el pacto, grito mudo de Raquel frente a las últimas páginas del libro de su vida. Esperó mirando a las olas y sin obtener respuestas ni señales tiró una piedra, azul, al mar, piedra del amor que se hundía en la incógnita inmensidad, tal como un libro olvidado en la estantería de una biblioteca, tal como los ojos húmedos de Raquel, sabor salado de las salpicaduras del mar, de la lágrima silenciosa.

Al día siguiente se despertó sintiéndose muy bien, su cuerpo estaba verdaderamente descansado después de miles de kilómetros. Cierta ansiedad y alegría interior lo invadían porque al fin arribaba a Ushuaia, al punto del retorno, marco cero, inmovilidad antes de volver. Tenía la impresión, quizás debido a las inconscientemente asimiladas costumbres del desierto, que todos los movimientos, los colores y olores, su respiración y los ruidos eran más intensos y lentos. En ese estado desayunó medialunas suavemente dulces junto con mantequilla salada, el aroma del café y su paladar mezclado con leche, el vapor que salía de la pava para el termo del viaje, la temperatura fresca del viento y sus noticias, el olor del mar y el latido del corazón cuando se sentó al volante del jeep, esa sensación interior que solamente semanas patagónicas podían explicar.

El paisaje empezaba a cambiar y después de muchos días de llanura, por fin veía montañas, cerros nevados entre lagos azules, curvas reemplazando las rectas que desde el principio lo escoltaban para perderse en algún punto del horizonte. La emoción lo dominaba, tenía consciencia de cada segundo, se alternaban diferentes momentos de su vida y de su viaje en su mente. Seguía por un disimulado camino de ripio y estacionó frente a una inolvidable vista del lago Fangano y de algunos picos nevados. No había nadie, respiraba hondo y lentamente cerraba sus ojos para instintivamente agradecerle al Creador, no había para él nada que demostrase más perfectamente la presencia de Dios que la naturaleza casi intacta de zonas extremas y eso le hacía reverenciar profundamente su magnitud absoluta. En ese momento sentía que hacía parte de la creación divina. Espiritualmente desnudo, instintivamente se postró de rodillas con vacilante pequeñez; entendía en algún lugar contemplativo de su ser lo que significaba alabar a un Dios de amor.

Raquel vio que el corazón de Enrique se vaciaba, la mente se agotaba, el cuerpo se entregaba, su alma se soltaba e veía. El Hijo lo había atado todo: «Amar a Dios sobre todas las cosas y a tu prójimo como a ti mismo», sabiduría en acción, la respuesta era la caridad, un camino de humildad, convergencias crucificadas en el Monte de las Olivas, el marco cero.

Desde allí emprendió el viaje de retorno, en la vuelta del principio del mundo a su casa resurgía el hombre nuevo, cargado de sus kilómetros de regreso con nuevos valores y pensamientos, decidido a buscar orientación en la casa de fe que le había indicado su hermana hacia unos meses.

Raquel se acercaba al último párrafo del libro entre conmovida y pensativa, suspiró hondo para calmar a su corazón. En el Centro Apométrico, en el cual trabajaba como médium, miró el reloj de pared que ya indicaba la hora en la cual los primeros asistidos solían llegar. Por fin se enteró que Enrique, por no conocer el lugar, había arribado con bastante antelación, lo que al menos le daban más oportunidades de aparcar su viejo jeep. Tal como en el viaje solitario por la Patagonia, volvía a sentir la presencia de aquella compañera. En la última frase del libro subía por la escalera al instante que ella escuchaba y reconocía sus pasos a su lado.

Tímido, entró al recinto en que estaba Raquel y sorprendido notó en su cuello un collar cuyo pendiente era una inolvidable y lisa piedra azul, joya que los que los conducían por toda una existencia ahora le devolvían, junto con los ojos que tantas veces había soñado.

La receta

Había días en los cuales los minutos me parecían eternos, algo que desconfiaba ser obra de mis pensamientos reticentes, cargados de incertidumbres. Evitaba especular sobre el futuro, trataba de vencer a ese día, al siguiente y a los demás, pero la falta de perspectiva a veces me paralizaba, dilataba cada nuevo segundo, y qué decir de una taza de café en algún lugar de la mañana vacía donde no molestara a Silvia, tan ocupada con las tareas de la casa.

Estaba desempleado ya hacía algunos meses, consciente de que a los cincuenta y seis años las posibilidades de volver a la activa parecían remotas. La experiencia valía menos que la energía arrojada de jóvenes ambiciosos, conectados a mundos virtuales. A cada negativa relacionada a mis intentos de buscar trabajo regresaba por caminos indirectos a mi casa, que entonces me parecía un poco más grande, *dilatación material*, «¿o será mi cuerpo que se achicó?», *dilatación reversa*, quizás andaba ligeramente encorvado, *dilatación de perspectiva*, mi tono de voz decrecía, *acoustic expansion*, «¿por qué diablos los sajones le han metido la o antes de la u?», *dilatación existencial*.

Al principio intenté hacerme fuerte, era hora de cuidar un poco más la salud, de disfrutar de la familia, estaba el seguro desempleo y conocía a unas cuantas personas que ciertamente me ayudarían a reubicarme en un nuevo trabajo. Luego encontré mis huecos llenados de aquello que intentaba evitar, pero mis lamentos me salían de la boca como lagartijas hambrientas por la noche, «todo ha empezado cuando fusionaron la empresa con los gringos», me quejaba desde mis grietas. «Se ha perdido ese ambiente familiar, ya lo sabés… », mis ojos grandes buscaban las presas (¿me escuchó de verdad el flaco Sosa?), «por eso el país está donde está, ¿te das cuenta que ahora solo se dice *feedback, meeting, fast food*, y nosotros matándonos para que al final ellos *kick your* traste?», finalizaba con mi adherencia vertical, tragando con mi lengua voraz otro insecto de la amargura, y después dicen que nosotras, las lagartijas, traemos buena suerte…

Empecé a ayudarla a Silvia con las tareas domésticas, principalmente las que eran cosas de hombres (ironía machista), como sacar los muebles del lugar (columna), barrer el lado exterior de la casa (hombro y columna, mala postura), devolver los muebles a su lugar (columna y ahora también los pulsos, mala postura) y por fin colectar los excrementos del perro con la voz de Eduardo Moreno de radio Metropol de fondo pasando una nueva receta de tortillas pese a que Silvia le recriminaba que ya se la sabía de memoria (mala postura).

—Mario, mi amor, la ropa ya está en la lavadora, nuestro cuarto está arreglado, los baños, incluso los de los chicos están limpios, el almuerzo solo hay que calentarlo —«columna, hombros, pulsos, mente, brazos, piernas, cuello», pensaba yo—. Aprovecho que estoy adelantada y voy hacia el mercado para prepararnos un postre, ¿querés venir conmigo? —«papas peladas y laminadas, cebollas, huevos y sal a gusto», agregaba Eduardo Moreno, seguro que el flaco Sosa no escuchó de verdad ninguno de mis lamentos.

—No, mi amor, andá vos que yo iré arreglar la antena, ¿te acordás que por la tormenta de ayer la imagen…? —contesté seguro de que mis ademanes y mi expresión completaban la frase.

Lo de la antena era una decisión que tomaba objetivando ahorrar plata, en realidad no tenía idea de cómo funcionaba pero me imaginaba que al final, si tuviera suerte, no sería una cuestión más allá de un soporte desatornillado o un cable suelto, «mi hijo es ingeniero», solía decir mamá, ¡*engineer*! La escalera de madera no era un portento de solidez, pero calculé que había poco riesgo, algunas herramientas en el bolsillo, cinta aislante, el sol fuerte doblaba el cielo, dibujaba con sombra la escalera en la pared, formaba perfectas rejas, cada escalón me iba encarcelando, *dilatación de consciencia*, mientras el sudor salado formaba gotitas en mi frente, hasta que un empujón (hombros y pulso) me sacaba de la prisión y me alzaba hacia la inclinación del tejado en cuya cima relucía soberanamente la antena.

El problema del dicho aparato captador de olas invisibles podrían ser realmente los cables que parecían estar pelados por algunos dientes afilados de ratoncitos. Como solía hacer, decidí utilizarme de una metodología de mi antiguo trabajo (antes de la llegada de los gringos), así que empecé a pelar los cuatro cables y sus respectivos pares para luego juntar los cobres y atarlos con la cinta aislante. La cara desinteresada del perro acostado sobre el césped demostraba que se trataba de un trabajo simple, ahora era solamente una cuestión de conectar el *left plug* en el *receiver made in* país lejano, enchufar el *S-cable* en una de las tres tomas que ya no sabía muy bien cuál era, mientras las letritas un poco gastadas al lado del *receiver* informaban algo que decía *do not touch, for use with information*, no sería para tanto, al fin y al cabo no quedaba ningún cable suelto. Descendí por la cárcel bajo la mirada impávida del perro, una rápida inspección hacia la tele en la que se veía una monstruosa lluvia de puntitos grises y negros, sería tema de algún cable invertido, nueva subida por la cárcel destorcida del sudor, la inconmovible y desgraciada antena, « ¿dónde diablos he dejado la cinta aislante? A lo mejor ese no era el cable del *input*, ¿y si trato simplemente de girar la antena hacia el polo magnético de la Tierra?», el sudor, el sol, los puntitos negros y grises, un paso en falso, desequilibrante, el camino inevitable por las tejas que se quebraban, la adherencia de lagartija que resultaba ser una ilusión, una fortuita mirada a la cárcel de sombra por la cual pasaba un cuerpo volando, el perro sin entender, el impacto, *fragile, this side up.*

Todo era una cuestión de perspectiva, hace poco observaba parte del barrio desde arriba, mar de tejados, calles arboladas, gente caminando. Algunos segundos después me adentraba en un mundo denso, aparentemente caótico, entrañable en el que maravillado contemplaba la fantástica dedicación de las hormigas. Inmóvil sobre el césped vi como una obrera, que se zafó por cuestión de centímetros, salía apresurada para encontrar a una de sus, digamos, «hermanas», y rozándole las antenas le pasaba un mensaje que algún hechizo de fábulas me hacía entender perfectamente.

—Mario se ha estrellado en el suelo, cerca de la zona 1, cortando las rutas 4 y 8.

—¿Pero por qué se ha metido este a arreglar la antena? *Unbelievable…* —contestó la hermana meneando las antenas negativamente.

—Hay que avisarles a las demás —insistió la primera.

—Yo me encargo de hacerlo, no te preocupés. Marcaré el camino crítico con una dosis extra de feromonas para avisarles sobre Mario y el perro que anda nervioso —respondió mientras regurgitaba su vuelta hacia el hormiguero.

—Ok, que Dios te proteja de sus patas. ¡Y que nuestra Reina ponga huevos!

—¡Que nuestra Reina ponga huevos! —se despidió la mensajera con su último roce de antena, *message output.*

No sé si lo que me sacó de la fábula fue la lengua del perro o el grito de Silvia, repleta de puntitos negros y grises.

—¡Mario, hablá conmigo, Mario! —me gritaba y yo pensaba que estaba afligida.

—Tengo que poner más huevo —contesté confuso antes de certificarme de los daños físicos.

Sin plan de salud privativo, Silvia, preocupada, me llevó al hospital público donde me atendieron después de tres horas y algunos analgésicos. Al salir del consultorio dudé por primera vez del futuro, de mis verdaderas posibilidades y aunque me decía que la personalidad de una persona no se podía definir por un empleo, me sentí como una caricatura enyesada. Algo se seguía perdiendo, consumiéndome poco a poco, no sabía por dónde se me escapaba pero estaba determinado a encontrar el camino, quizás algún ángel hormiga me lo indicaría.

Pero el cambio definitivo vino una calurosa noche de diciembre mientras Silvia preparaba una tarta de pollo especial, de las que eran famosas en el barrio. Ya había notado un cierto brillo diferente en sus ojos, me miraba solapadamente, como si estuviese esperando el momento cierto para hablarme. No tardó mucho en contarme que el cuñado de Pepe, el del quisco de la esquina, buscaba una secretaria porque la actual se iba a vivir a los Estados Unidos, «me parece que era Chicago, Mario, pero no estoy segura.» Que se trataba de un buen sueldo además de otros beneficios que la empresa otorgaba, que le había explicado a Pepe que hace tiempo no trabajaba en una empresa, que se había dedicado por años a cuidar de la casa, «y de nuestros hijos, mi amor, sin embargo Pepe me dijo que eso seguramente no sería ningún problema, que el cuñado era buena onda pero, ¿te parece que ya están crecidos los hijos?»

Sentía el latido de mi corazón, la sorpresa y la inseguridad de mi propia mirada, el torrente de pensamientos desordenados que golpeaban en zonas crudas de mi mente, desempleado y ahora costeado por mi mujer, blanco certero de comentarios jocosos de amigos, «ahí viene Mario Delantal, ¿subió el precio de los huevos en el súper?» Mis sentimientos todavía emergían y al distinguir de reojo las sombras que hace rato se manifestaban en pensamientos desalentados, me apresuré en contestarla:

—Lo deberías intentar Silvia. No te preocupés por los hijos, los cuidaré yo, igual ya nos ayudan. Poco a poco aprenderé las tareas del hogar, por lo menos hasta que vuelva a trabajar.

Para mí tiene que ser de esa manera. Necesito decir las cosas, hay una gran diferencia entre palabras pensadas y habladas. Cuando pronunciadas, se agrandan y agarran mi orgullo por los huevos ($1,80 pesos la docena), añaden el peso de la promesa, la palabra equivale a una comprobación de valor, por lo menos antes de que vendiesen la empresa a los gringos. Reconozco que ese método también es una cierta trampilla y que yo suelo utilizarla justamente en aquellos momentos en que el angelito me dice que hay que ser humilde, que hay que alentar, mientras el diablito me venía con *¿are you nuts? ¡You are the* hombre de la casa!

—¿Estás seguro, mi amor? Pepe me dijo que mañana mismo podría hablar con su cuñado. ¿Te parece que podemos? —me cuestionaba Silvia con un cierto alivio y emoción, en sus ojos encontraba una pizca de gratitud y de piedad que no me hicieron daño.

—Sí, se puede —le contesté con un abrazo que sinceramente contenía un género de amor que resurgía desde algún rincón de mi corazón, junto con una admiración hacia su espíritu guerrero de sacar esa vida adelante, a mi lado. Asimismo, también sentí acercarse algo parecido a futura humillación y una especie de hora de la verdad.

Tardé casi tres semanas en adaptarme al nuevo ritmo, despertarme temprano para preparar el desayuno de los chicos y de Silvia, restringiendo un poco el riesgo de ensuciar su ropa del trabajo. Mientras los demás desayunaban, me fijaba si se alimentaban bien, «es que lo escucho en la radio, a los jueves con Dr. Maldonado, ¡frutas y fibras!». Cuando el ahora «coche de Silvia» doblaba la esquina, separaba las ropas blancas de las coloridas, había que aprovechar el buen tiempo para lavarlas. En la pared todavía estaba pegado el papelito de mi mujer con el paso a paso de cómo prender la lavadora, las temperaturas y los programas aunque casi no hacía falta, solamente una miradita por si acaso. Simultáneamente con mi café y cigarrillo, que Silvia no dejaba faltar, y antes de elegir entre música o radio, solía limpiar la cocina en total silencio. Era un momento mío, la hora de algún pensamiento, de una oración espontánea (las dificultades despertaban mi lado creyente), de preguntas que intentaba formularme, de humores e impresiones, un termómetro del día, mezcla de humos, café y tabaco y la mirada comprensiva de Sultán, el perro compañero, testigo de mi caída y de mi intento de levantarme.

Las cavilaciones de esa hora me hacían acceder a una zona que llamaba de faja de ideas sueltas. Basado en un guión definido, barría los pasillos, limpiaba los baños, trabajaba de manera ritmada, hasta que se asomaba un pensamiento cualquiera, difuso, luego perdido, sin embargo seguía mi metodología, una oración, optimización de las tareas y herramientas, como en un compás, otro café, otro cigarrillo, hasta que de pronto otro pensamiento indomado me mostraba inicialmente mi insignificancia e improductividad, arribaba a la zona, presionado, intentaba captar los achaques invisibles por los cuernos para desmitificarlos.

Luego empecé a hablar con el perro, al inicio sobre cosas triviales, tales como huesos, paseos y avisos de no destrozar la casa, «¡che, si volvés a tocar las plantas estás frito!», pero luego de constatar la idoneidad de Sultán, pasé a asuntos más metafísicos, como el comentario de la oyente (Sra. Nívea, de Mataderos) en el programa de Eduardo Moreno que nos advertía que el galán Marcio debería abrir bien los ojos porque estaba segura que la dulce protagonista Cora era en realidad una loba en piel de oveja, la telenovela de la tarde. A mí, Cora tampoco me había caído bien, una cuestión de intuición, notaba con curiosidad que esa raramente me fallaba. «¿Habré llegado al punto de desarrollar el famoso sexto sentido femenino, Sultán?», me pregunté parando por un segundo el movimiento de la escoba. Eso todo me parecía un poco raro, se trataba de un cambio bastante radical pero notaba que las tareas domesticas me modificaban los pensamientos, analizaba cosas desde un lugar en el cual nunca había estado antes, sentía que mis cavilaciones como que establecían un diálogo con la casa. Conmigo mismo. No estaba solo.

Pasadas un par de semanas decidí analizar a mi familia como un negocio, o sea, a mis hijos y mi mujer como clientes, puesto que según los procedimientos del *marketing* (no se me ocurre la palabra en castellano), tendría que entenderlos para satisfacerlos, dedicar más atención a cada gesto y a cada palabra, algo que, confesadamente, nunca había hecho antes. Lentamente callaba sin ausentarme, escuchaba a los demás y más tarde, cuando a solas volvía a las tareas de la casa, algún detalle se acentuaba, los rostros, timbres de voz, ademanes y costumbres, o quizás carencias y sueños. «Tengo que entender los sentimientos y las emociones, inclusive los míos».

—Apresúrense queridos oyentes, busquen papel y birome que la receta de hoy es de una versión criolla de la tarta de pollo *light* —me interrumpía Eduardo.

—*¿Light?* No me vengas con pavadas, Eduardo —le devolvía de inmediato.

Mientras barría, me pareció que tal vez Fabián no tenía aptitud para la ingeniería (idea suelta), que preferiría seguir otra carrera pero creía que no tenía coraje de decírmelo. Notaba que Carolina estaba un poco vanidosa y se fastidiaba por ya no tener condiciones financieras como para hacer los mismos programas que sus amigas. «Quizás me desprecia (achaque). Dios, ayudáme por favor…» seguía cavilando, mirada vacía, escoba inmóvil en algún movimiento congelado.

—…y después de cuarenta minutos en el horno, está listo. Mis queridas amigas, esa receta exquisita es más fácil que la tabla del uno —finalizaba Eduardo.

—Che, Eduardo, no tenés idea, un día tendrás que probar la tarta de pollo de Silvia, eso sí que es un manjar de dioses.

Juntaba hojas en el patio cuando noté que sentía un miedo interior que no sabía precisar, ubicado en el corazón, como si la cercanía a mis queridos abriese un baúl de sentimientos, quizás de reproches y desnudeces que mi manera distanciada evitaba destapar. Todo era tibio, no me acordaba de una charla con mis hijos que hablase de emociones, dudas y sentimientos, más tarde guardaría las sábanas limpias en el armario del cuarto conyugal sin recordar la última batalla de cuerpos y de sentimientos que había tenido con Silvia, cansados y sudados, libertos y livianos, desnudos y verdaderos.

Una mañana tranquila en la que ya había adelantado mi servicio doméstico, avisté la plata que Silvia había dejado sobre el mostrador y decidí irme a la panadería del flaco Sosa a comprar un atado de cigarrillos. Al adentrar reconocí de golpe una voz por los parlantes y con mirada jocosa me dirigí al flaco:

—¿No me digas que también te gusta Eduardo Moreno, flaquito?

—Y bueno, aparte de que es hincha de Racing, es el mejor profesional de la radio. Para mí, primero está Eduardo y segundo Moreno, ¡ja!

—De acuerdo, flaco, pero las recetitas esas están bastante más o menos, ¿eh? —observé con mi manera crítica.

—Por favor, Mario, ¿qué decís? La del pastel de carne, ¡excelente! La del viernes pasado, puchero mixto, cosa exquisita. ¿Y qué decir de la tarta de pollo? —señalaba el flaco humedeciéndose los labios.

—Pues te digo que antes de pasar la receta de la tarta, debería como mínimo haberle consultado a Silvia, mejores no las hay. Incluso te la preparo yo, con la mano izquierda y los ojos cerrados.

—No me jodás, Marito, no te hagas el canchero. ¿Qué te pasa, la caída de la escalera todavía te pasa factura? Traéme una y si sabe a gloria como decís, la vendo aquí en mi establecimiento, hacéme el favor….—me contestó por fin estrechándome la mano, pacto sellado.

La charla me volvió a la mente mientras me tomaba una sopa de letras de almuerzo, ya que aquel día no tenía ganas de cocinar para mí solo, más tarde prepararía la cena para los demás. En la primera cucharada había letras que me imposibilitaban formar una palabra decente, demasiadas consonantes. Pensaba intrigado que la afirmativa del flaco Sosa sí era una palabra, la había pronunciado, no había vuelta atrás, todo lo que necesitaría hacer era preparar una tarta. En la segunda cucharada descarté la '*x*' y como había salvado la '*a*', que casi se había caído por el flanco lateral de la cuchara, me tragué una 'buena' aunque la sopa más bien tenía sabor a industria. «Hablaré con Silvia a ver si me enseña los secretos, después es cuestión de anotar los pasos y listo. Esa me resulta más fácil; si elimino la '*f*' y la '*z*' formo la palabra 'guapo', punto para mí».

—Pero que flor de imbécil sos, desempleado y buscando palabras en la sopa imaginándose el cocinero, ¡qué chiste más patético, *chef*! —creí haber escuchado.

La voz y el pensamiento de la zona oscura esa vez me llegaban tan fuertes que por su manera de estremecer su cabeza, de mirarme con ojos atentos y de mover sus orejas en una rotación axial, supe que Sultán también la percibió. No sé cuándo lo había entendido o decidido, quizás a la salida del hospital, pero decidí no abatirme por esas voces, a lo mejor mías, o ajenas, o imaginarias, pero todas con sabor a depresión. Resolví hacer hincapié, creer en el futuro, en el porvenir, en la esperanza y opté por excluir la *'x'* (¡como siempre!) y con las sobrantes letras ensamblé *'faith'*, fue todo lo que me sobró, ¡por fin me dieron una mano los gringos!

Por las noches, mientras Silvia repetidamente me mostraba las claves de una buena tarta de pollo, aprovechaba el buen ambiente generado por una nueva y quizás torpe perspectiva para charlar con Carolina sobre nuevas impresiones de nuestras vidas, las dificultades que encontraba con mi situación de desempleado, mis cambios de valores y que de ninguna manera había abdicado de mis sueños y de mi lucha por salir de esa condición. Discutí sobre los prejuicios que solía enfrentar, algunos velados, otros directos, todos motivados por cosas externas que olvidaban valores interiores. Ella era la primera en probar mis tartas y encontraba en las pláticas relajadas una forma diferente de mirarme así como también empezaba a cuestionar sus amistades de etiquetas y marcas. Fabián a menudo escuchaba a las conversaciones sin entrometerse al principio y gradualmente agregaba de una manera sorprendente algunos pensamientos de corrientes de filosofía y de psicología, temas que cada vez más le interesaban y tan opuestos a la ingeniería. Sentían que la nube negra, que se había detenido en especial sobre mi cabeza, lentamente se movía, poco a poco volvían las sonrisas, sobre todo cuando Carolina le contó a su hermano que recién había flagrado a mí y a Silvia en un apasionado beso en el cuartito de la lavandería.

La tarta piloto la preparé solo de principio a fin, bajo la mirada atenta de Silvia que pocas veces tuvo que intervenir. Al día siguiente miré mi obra prima en silencio, pasmado, en mi momento de café, cigarrillo, humo, Sultán y paz matinal. ¡Estaba linda! «Una tarta metáfora, las vueltas que la vida da. Es que a veces le toca a uno y que le vamos hacer. Los gringos tenían que decidir por uno, ¿qué pasaría si eligiesen al Turco, con su mujer enferma en estado de desesperación?»

—¡Flaco Sosa, preparáte que te comerás la mejor tarta de tu vida! —dije mientras la embalaba pegándole el folleto personalizado por Carolina en la computadora, donde decía «Ing. Mario Cardoso – tartas saladas».

Seguía por la vereda y volvía a disfrutar del sentimiento de movimiento, de ser responsable por una oportunidad en mi vida. Vi cuánto había cambiado y sentía que no sería solamente el sabor de la tarta la clave de mi éxito emprendedor. Las pulseadas esperanzadas y angustiadas de mi corazón, al mismo ritmo que mis pasos hacia la panadería, me decían que lo determinante era que me sentía *merecedor* de la oportunidad, que era suficientemente digno para rogarle a la Virgen que me abriese los caminos, mi reveladora *dilatación espiritual*.

Desde la primera vez que nos vimos buscamos establecer distancias, disimular la atracción de nuestros polos opuestos. Sin embargo, pensaba que me tocaba vivir algo importante y distinto, inconscientemente me sentía más emotivo, pese a ese ruido blanco que nos había alarmado a los dos. Pasados tres años estábamos casados y nuestras entregas nacían de la pasión, felices, éramos jóvenes confiados en el futuro, las dificultades nos habían acercado, en las buenas y en las malas existía ese romanticismo de las primeras conquistas alumbradas por un par de velas y por nuestros ojos felinos, un vino barato compartido en la cocina en la cual nos entregábamos por nuestras urgencias y por la ebriedad.

La hija que no habíamos planificado trajo los primeros cambios, nos quitaba algunas libertades y fascinaciones, reemplazadas por las necesidades del bebe, nuestro diálogo se resumía a pañales, muecas, papillas, su deseo disminuía, cada uno extrañaba silenciosamente una época que ya no volvería y parece que en ese instante todo empezó. No puedo precisar un hecho, una traición, una discusión más intensa de sentimientos explotados que quizás nos hubiera despertado, pero el silencio disimulado y creciente se infiltraba y nuestros egoísmos germinaban.

El primer impacto más concreto se dio en una reunión de amigas del colegio de Gloria, «las poderosas del año 97» donde celebraban los quince años de aquellos tiempos que no eran los míos. Me vestí de acuerdo con los ruegos de mi esposa, lo que significaba dejar mi nueva remera de Estudiantes de La Plata en el armario. En realidad me daba igual, sabía que el whisky que servirían hablaba inglés y era lo que me importaba para soportar los dilemas de porcelana de sus amigas y de los respectivos maridos engomados. Me era difícil entender el mundo femenino, tampoco tenía esa ambición, pero sentía que, aunque se trataban de manera cordial, había algo entre las amigas de la escuela que se escondía detrás de elogios y recuerdos de juventud desafiadora, sensibilidad que ni con la tercera dosis lograba resumir en una frase o palabra. De hecho me enteré al momento que estábamos otra vez en el auto rumbo a casa cuando su sonrisa, que segundos antes la despedía de las amigas, se desvaneció como por encanto. Ni bien doblamos la esquina verificó con ademanes tensos su maquillaje en el espejo del parasol y no pareció satisfecha.

—Además esa blusa azul celeste me deja más pálida, fue un error. ¿Viste que Daniela engordó?

Yo pacientemente meneaba afirmativamente la cabeza, sabía que me tocaría el rol de oyente, comentarios serían demasiado arriesgados.

—El segundo marido de Silvia está desempleado, las vueltas que el mundo da, me acuerdo que se jactaba de nosotras por pasar sus vacaciones esquiando en Aspen, una creída...

Advertía que el brillo en los ojos de mi esposa cambiaba de acuerdo al aspecto de las personas que retrataba, en ningún momento se refirió a la alegría en encontrarlas después de todos esos años, ni examinó los diferentes rumbos que tomaron en sus vidas. Sospeché que en aquella tarde no importaban mucho mis valores o sueños como marido, sino lo que representaba, que estaba afeitado, que no hablé demasiado alto y que pudo vanagloriarse de mi carrera profesional «sí, sí, es un alto ejecutivo», exageraba fuertemente.

Aquella noche se fue dormir contrariada («me duele la cabeza, Alberto») y como tenía ganas de tomarme una dosis de coñac me quedé solo en el living pensando cuándo se le había acabado la fantasía, quizás junto con el embarazo que le transformó el cuerpo y la sacó de su mundo ideal. Me contaba que por las noches soñaba que flotaba en un mar oscuro, el agua tapando los ruidos, apenas escuchaba su respiración, a merced de la corriente, desconectada del mundo, sin ver dónde estaba ni hacia dónde iba, agotada, navegaba inmóvil en líquidas noches. No entendía su sueño esencialmente porque se creía una mujer dinámica que lograba rendir en el trabajo, ir al gimnasio para las clases de Pilates, encontrar a sus amigas una vez a la semana a tomar y fumar, cuidar de sus uñas y de su pelo, ir a la sesión con su psicóloga, darle un beso de buenas noches a la niña y leerle un cuento para otra vez hundirse en su cama, en su océano de aguas profundas.

Otro día me dijo que al abrir la heladera por la mañana notó cómo su mirada se perdía lentamente mientras buscaba su yogur natural que al cabo de unos segundos inmensurables ubicó al lado de una botella de vodka medio vacía («no lo puedo creer, ¿la abriste ayer?»). Ese pasajero instante la inundó con su mar de noche en pleno día, de repente la melancolía de aquella mañana le transmitió la sensación de vaguedad en todo lo que hacía, no sabía quién le había quitado su juventud, quién era el responsable por su situación actual, ojos apagados mirándose en el pálido espejo del ascensor de la empresa, séptimo piso, pasillo hasta el final, tercera mesa a la izquierda al lado de las flores de plástico, credencial 27486, foto gastada por los años amarillentos, hasta las 18:30 horas, para finalizar junto a su psicóloga otra hora de soledad.

Empezaron entonces las pequeñas y mudas señales: una reunión de negocios que yo inventaba para poder pasar un rato en el boliche de Manolo, los partidos de fulbito, su psicóloga, su bolsa por la mañana que indicaba que ella iba al gimnasio, la luz de cabecera apagándose al mismo instante que yo entraba a nuestra casa con mis caramelos de menta, mientras el tiempo corría, relojes de la verdad, mensajes en papelitos sobre la mesa del desayuno, vueltas sin conclusiones.

Creo que en aquel entonces Gloria sufría de depresión. La sospecha se agrandó cuando una noche me esperó en la penumbra del living (creo que poca luz es una señal de depresión) y de manera dura y descontrolada sé que me buscó herir de cualquier manera.

—¿No te das cuenta Alberto? Todo tiene un límite y lo estás traspasando. Mirá la cuenta que la empleada se encontró en los bolsillos de tus pantalones: dos tequilas, cinco cervezas y dos ginebras, y para colmo ¡eran las cuatro de la tarde!

Estaba claro que algo le pasaba porque yo esa característica la heredé de mi familia, tengo mucho aguante, unos tragos no me afectan, incluso mejoran mis reflejos al volante, además me ayudan a relajar ya que la presión que soporto en el trabajo y también en esa casa con esos bruscos cambios de humor es fuerte, pero ¿cómo decírselo a alguien que atraviesa un claro bajón anímico?

—¿Pensás que no sé que escondés botellas en los armarios? A veces me pregunto si has cambiado tanto o si nunca fuiste el que yo pensaba que eras —siguió en su intento ciego de desahogarse.

Me mantuve firme, sus palabras no me afectaron, además yo estaba casi seguro que esas frases no eran suyas, sonaban mucho más a las de la psicóloga que en realidad nunca me había caído bien. Se fue llorando a su cuarto después de hablarme de mi enfermedad, que sentía que no encontraba la manera de hablarme, de llegar a mi corazón, que notaba mi soledad, que había perdido la manera de emocionarme, no se acordaba de los atajos que la llevaban hacia mi corazón, más bien se veía arribando a un abismo solitario, consciente de que me podría perder, su verdad se revelaba delante de ella como su océano, tragaba agua salada en su mar de noche.

Mi respuesta fue un vasto silencio, creo que era la mejor opción cuando alguien estaba desorientado como ella, valía oro. Decidí entonces acostarme al lado de mi hija dormida, agarrada al oso que yo le había regalado en una tarde de buen humor, sin mayores motivos y justamente por eso tan querido para ella, la espontaneidad es una de mis características. Sin embargo me desperté por la mañana con la sensación de angustia, precisaba controlar los malabares en el aire, la presión para mantenerlo todo atado, el trabajo, la concentración, los pensamientos, las debilidades, la fragilidad, de repente sudaba en el baño de la empresa, me soltaba el nudo de la corbata hasta que de mi bolsillo sacaba la botellita clandestina, la alternativa a que desesperadamente me acercaba cuanto más huía, el sabor del vodka y mis lágrimas.

Una tarde fui a darle una sorpresa a mi hija en el Kindergarten desde donde salimos a tomar helado. De regreso, ya cerca de casa, un chofer desatento no nos notó y al cambiar de carril nos chocó en el lateral. No fue nada, pero andá a explicarlo a Gloria bajo su nube negra, para ella fue la gota que derramó el vaso y debido a su estado lo que era un tema común de tránsito se transformó en otro análisis sobre límites, que hacerme daño era una cosa pero que involucrar a la hija era demasiada irresponsabilidad.

Mientras cerraba la valija antes que ambas volviesen a casa me acordé con disimulada sonrisa de nuestra primera cama conyugal, un simple colchón de soltero en el cual inventábamos, entre risas y riñas alegres, posiciones nuevas para dormir abrazados, la única manera que encontrábamos para compartirlo sin caer por el suelo. En el ascensor me di cuenta de que había llegado a lo más hondo posible sin tener argumentos, era una obra inacabada de vida, un mamarracho vencido. Gloria me dijo al teléfono que cuando volvió con nuestra hija a la casa vacía y silenciosa notó que mi ausencia no le trajo paz, que me extrañaba, «la pobre no logra salir de su desazón, necesita urgentemente de ayuda pero no lo acepta», le dije en su boliche a Manolo, que insistió mucho con que yo tomase un taxi, no sabía que con el alcohol mis reflejos mejoran.

Gloria se preocupa mucho conmigo, la entiendo, las mujeres son más sensibles pero lo que ella no comprende es que insistir en que soy adicto no hará que yo regrese a nuestra casa (estoy seguro de que es esa su intención). Reconozco que por las mañanas me cuesta un poco levantarme, pero todo mejora con el chorrito de coñac que le echo al café debido al frío y así avanzo por el día y sigo rindiendo en el trabajo. Al fulbito lo abandoné, ya no aguanto correr mucho y el Cholo Aguirre me vino con una clase de advertencia, que los muchachos estaban un poco molestos, que yo puteaba demasiado y que jugaba ebrio, lo que claramente era pura envidia por mi zurda mágica y la verdad es que me hinchó las pelotas, los verdaderos amigos me esperaban en el boliche de Manolo que estaba a dos cuadras de mi nueva habitación. Es una sola pieza en el séptimo piso, una cocina simple, sin velas, sin los ojos de Gloria. Acá vivo hace seis meses, a lo mejor siete u ocho, no existe el tiempo en mis días iguales que se licúan como hielo en mi vaso con scotch nacional. Hoy cuando regresé a casa y me asomé a la ventana vi el ennegrecido mar que de pronto me atraía, me fascinaba porque quizás abajo estaría Gloria flotando en su noche.

Salí hacia el balcón movido por mis ganas de verla, ya el agua encharcaba mis pies y me daba una sensación de mareo, la verdad es que la extrañaba, tenía ganas de dejarme caer y de oír a su dulce y blanda voz, sus cariños en mi pelo, «ya está bien, nosotras te queremos, queremos tu alma, queremos tu esencia, queremos tus ganas de mejorar y de amar». La oscuridad me confundía, mi corazón latía afligido, la noche me abrazaba, me incliné un poco para ver si la encontraba abajo, pero el mar estaba revuelto, las olas furiosas, «no quiero dormirme solo Gloria», las lágrimas y el agua que subía y empezaba a tragarme, me amenazaba. No tuve otra alternativa que treparme a la barandilla del balcón y desde allá, ante la faz de mis miedos y tan frágil como mi equilibrio, lo entendí todo. Delante de mí vi el paso de la negra ilusión, vi al barquero de la muerte navegando por mi mar de alcohol y a mis espaldas avisté lejos un faro, la luz en la tormenta, la verdad que me libertaba, los brazos abiertos de la sagrada vida que caminaba por sobre el agua y me decía «hombre de poca fe, no dudes».

El hijo

Volví a sentir, por los portales del pasado, el pensamiento angustiado de Lucía al instante que abrió la invitación al matrimonio de Juan, uno de los que entendía por qué Valdés se había alejado. Era verdad que cada uno seguía su camino y que muchos habían cambiado, sobre todo Valdés, a quien esos últimos años desde aquel entonces no lograron quitarle la tristeza de su mirada, invariablemente había algo de perdido en ella o en el tono de sus palabras, algo que jamás volvería. Sabía que sería una ineludible ocasión para reunirlos, se evadían desde mi dolor, mi ahogado grito y el silencio de los muertos. «¡Pensátelo bien Valdés!», le decíamos Juan y yo, tratábamos de ganar tiempo.

Era cierto que antes estaban juntos, más casualmente que por convicción o sentimiento puro, era un contexto que ya se había estabilizado, los momentos compartidos eran divertidos, tenían algunas mentiras y barreras que no transponían, se movían al borde de sus apariencias. Valdés estaba resuelto a volver definitivamente a su país una vez terminados los estudios en la universidad, motivo que le hacía encarar este pasaje como una pieza de teatro, algunos actos con Lucía, estrella del modesto entorno pero disimuladamente fuera de planes para el cuadro final, regresar solo para tener delante de sí todas las opciones, entre las cuales las perspectivas de gozar de una vida libre, sin compromisos con nadie y una carrera por desarrollar en alguna empresa grande, un nuevo mundo a conquistar.

Ella aceptó el riesgo a partir del momento en que vio que sus risas le traían alivio, pensaba que en una de esas la pasión inicial podría acomodarse desapercibidamente, mostrarla así como era y abrir nuevas perspectivas para curar un poco sus carencias, como el divorcio de sus padres en plena adolescencia, la lejanía hacia su único hermano, y su posterior decisión de vivir sola en una residencia de estudiantes donde se recluía en su concha y extravasaba su alegría coqueta en jirones de inconstante juventud. Bailaba y todo giraba en sus altibajos de súbita euforia y rápida depresión, la necesidad de un puerto seguro al borde de sus límites, algo que le posibilitase dejarlo atrás, la prematura muerte de su padre en un ataque fulminante a comienzos de noviembre, los árboles desojados, esqueletos de una gris tarde atemporal.

En aquella época tenía veintiséis años, ya había vivido en diferentes países, trabajos temporarios, búsquedas anónimas por algo reconfortado, y ahora una nueva manera, la de Valdés, de ver la vida y la felicidad que se podría infiltrar como un hogar, un futuro que ella disimuladamente soñaba pese a la distancia que él instalaba, su silencio cuando le decía que lo quería, palabras evasivas de un porvenir. «Ya que no se habla de un futuro, ya que es abstracto me lo dibujo con todos los colores», decía sin buscar profundidades reveladoras, ignoraba signos, cansada y sin fuerzas para basarse en su entendimiento interior, de seguir enfrente por su cuenta, «mejor continuar a su lado, quién sabe más adelante me lleva a su tierra natal».

Supongo que era una cuenta que se cerraba dentro de la mentalidad de Valdés, desde las primeras semanas le había dicho que iba ver qué pasaba pero que no le prometía nada, satisfacían sus propios egoísmos, cuerpos pegados y sudados, él complacido de su necesidad viril y ella nutrida de ilusiones que la llevaban a entregarse, los momentos posteriores junto a su pecho a menudo la hacían imaginar una situación enlazada. A veces conjeturaban un vivir conjunto, él se vestía con un traje oscuro y ella con una ropa fina, fingían ser un ejecutivo y su mujer elegante, juntaban los últimos mangos para salir a cenar, se permitían vivir una fantasía que terminaba entre sábanas y con el collar de perolas truchas, el maquillaje y los tacones puestos. A Lucía le causaba gracia la facha de Valdés haciéndose el entendido al elegir un vino así como él se enorgullecía cuando ella pronunciaba los platos en italiano fluido, sin acento, políglota de huidas, escena segunda del acto tercero, tal como cuando vino la madre de Valdés y salieron a cenar juntos los tres. Él la había presentado por primera vez como su novia, detalle fundamental del mundo femenino, otro capítulo que la mantenía creyendo en algo futuro.

Iban por caminos distintos en una trama que él bien sabía cómo terminaría, en algún momento habría que dar el golpe final, pero todavía era demasiado temprano, se quedaría un par de años más en aquel país. Como ella hacía parte del mismo grupo de amigos, pretendía evitar líos así como oportunidades para que otros —oportunistas como le parecían Manuel y Oliveira— se aprovechasen y en una de esas le tomasen lo que era suyo. Por otro lado, no lograba frenar ciertos impulsos de Lucía, todo tenía su precio, hasta aquel momento había evitado que fuesen juntos a su tierra natal, al fin y al cabo eran sus vacaciones en las cuales quería mucho disfrutar de sus libertades, sus amistades y los contactos que siempre mantenía calientes. «Al diablo», se decía Valdés, «un hombre se merece disfrutar de las situaciones que se presentan», un olor, una mirada, una risa, la piel y los perfumes, estaba todo bien, «a su momento me acompañarás querida», silencio corto que ya les hacía adivinar el final. Lo incómodo de la situación surgió cuando meses más tarde ella le mostró el pasaje aéreo hacia su ciudad, iba visitar una amiga por allá y seguramente visitaría a su madre y su hermana, infiltrándose lentamente en la estructura familiar, pequeños avances definitivos, hacía vista gruesa para algunas cosas («total los hombres tienen que vivir ciertas experiencias para un mayor sosiego futuro», decía) a cambio de adueñarse de un nuevo territorio del cual sería más difícil sacarla, así poco a poco él estaría más acostumbrado a la idea de una relación estable, sin sobresaltos.

—Hola mi amor, ¿adiviná desde dónde estoy hablando?"—escuchó desde el otro lado de la línea, ya se había dado cuenta por el identificador de que llamaba desde la casa de sus viejos, cómplices de risa amable y gestos correctos. La quería por un lado pero sentía que algo le incomodaba, había sido directo a su manera, «no puedo decir nada respecto del futuro Lucía», miradas escapatorias que deberían ser un alarma para ella, «no te tires de cabeza nena, quizás te faltará aire mientras te zambullís». Lo fastidiaba que ella no se tomaba las cosas a la ligera, divertirse por un rato, ir al cine o al museo, ver la presentación de jazz que daban en el teatro municipal, librar los temores en una batalla de cuerpos, «ya somos crecidos y vacunados, mañana veremos».

—Tu madre me dijo que me quedara en tu casa por unos días, dormiré en tu cuarto, hay una foto tuya cuando todavía eras chiquito, ayer conocí a tu amigo Alberto, vamos a salir mañana a tomar una cervecita, irá también mi amiga. ¿Sabés que me gustó mucho tu ciudad?

Ya lo había intentado una vez hacía unos meses, le decía que a lo mejor ella debería fijarse en otros tipos y que él, en su manera justa de pensar, especialmente por toda clase de sentimientos lindos que nutría por ella, muchas veces pensaba que lo correcto sería dejarla libre, no quitarle oportunidades de construir un futuro más concreto. Se lo exponía de una manera sincera y había elegido con precisión el momento. No sabía cómo lo hacía, pero tenía la capacidad de sentir cuándo había espacio para tales comentarios, lo suficiente para exteriorizar un pensamiento que le parecía entero, quitarle el peso de alimentar una ilusión en Lucía que pudiese causar daños futuros, pero suficientemente atada y cautivada para le contestara que no, que sabía en lo que se estaba metiendo. Se lo decía con ojos húmedos sin entender si era a causa de la sinceridad que la enternecía o si porque reconocía en el mensaje cifrado su vieja soledad, mejor dejaba la puerta entornada en vez de terriblemente abierta.

Fue en aquella época que todo pasó. Me habían avisado que se acercaría el momento, que aquella noche, mientras dormían juntos, nos reuniríamos todos para proponer el ajuste. Yo estaba bastante receloso sobre el resultado de todo eso, uno no puede escapar de las leyes, nos toca a todos, y tarde o temprano tendremos que aclarar todo con nuestros enemigos y nada mejor que una relación de padres e hijos para asentar el perdón y los diversos conceptos de hermandad. Al principio estaban un poco sorprendidos con la propuesta, sobre todo por el momento y las circunstancias, pero al fin comprendimos que era el mejor camino y en consenso aceptamos ese nuevo reto, éramos todos adeudados. Siempre es así, nunca nacemos sin el consentimiento de todos, reiteradamente tenemos que ponernos de acuerdo y entender el porqué de esa nueva constelación, comprender que es una oportunidad de evolucionar, que estaremos siempre delante de nuestras vidas y actos, conduciéndonos a través del libre albedrío, era el momento de la fe que proveería lo demás, uno nunca estará solo. Respiramos hondo, nos dejaron a solas y al final nos despedimos entre los tres, un pacto para vivir, todavía nos encontrábamos un poco tensos.

Primero pensó que era algo normal, a veces no tenía los nervios controlados, además estaba irritada por otra discusión sin sentido con su hermano y todo eso al fin y al cabo terminaba por afectar las hormonas. En la siguiente semana se lo comentó a Marta, que con su manera práctica le dijo, para que no se moviera, que en cinco minutos regresaría de la farmacia con el test en manos. «¡No tonta, nada que ver, dejálo así como está, será solamente una cuestión de mi sistema inmunológico!», pero de nada le sirvieron los tímidos intentos de disuadirla. Encontrándose sola en su departamento evaluó la hipótesis y aparte del temor inicial, sentía que incluso podría ser todo muy lindo, la vi sonreír por un momento cuando pensaba en mí, por supuesto que no me notó a su lado, aparte de su fe, las nociones sobre otras dimensiones no hacen parte de la cultura de aquellos parajes de primer mundo. Parecía que aquel minuto no pasaba nunca, Marta miraba al reloj mientras Lucía se fijaba en el color de la tira, la confirmación de mi existencia vino acompañada de un temblor por todo el cuerpo de Lucía que, mientras su amiga la abrazaba, no sabía si sonreía o lloraba. Jamás olvidaré su corazón, estaba lindo, brillaba.

Tardó un par de días para contárselo a Valdés que se reveló bastante sorprendido con la situación. «Hay que tomárselo con calma», dijo primeramente y Lucía ya sospechaba que él tardaría un poco en acostumbrarse a la idea del embarazo. No esperaba ni exigía cualquier manifestación de alegría, de a poco ya se prepararía para la nueva realidad. Salieron a pasear por la ciudad, a veces estar metido en la multitud era la mejor manera de aislarse y ganar distancia, el aire fresco del final del invierno servía para despabilarse y recuperar un poco el color en sus rostros. Después de un rato empezaron a animarse lentamente, vestirle el alma con el traje social y con el collar de perolas de plástico, disfraces de sentimientos, la simulada alameda de amor, si yo sería varón o una linda princesita, de cómo Lucía con su vestido de flores extendía la toalla del picnic en el parque, el aroma de las flores del campo y la introducción al batacazo, «ya veremos cómo lo haremos, no hay que precipitarse con la situación, las decisiones necesitan de más calma». Lucía y yo no sabíamos muy bien qué sentido dar a esta frase con gusto a dualidad y a coartada, el resto fue silencio.

No era un tipo que compartiera detalles de su vida con los demás, era más bien reservado, «¡che, uno tiene que estar atento a los lobos disfrazados de ovejas!», sin embargo, le tenía mucho aprecio a Juan que asumía una conducta siempre muy discreta y que ya le había inquirido si pasaba algo. La primera reacción que tuvo, después de un breve espanto, fue levantarse, buscar dos vasos y llenarlos de whisky escocés (el de los momentos especiales). «¡A brindar por el futuro y a tomarlo como hombres de verdad, a lo cowboy!». Notábamos la mirada casi abochornada de Valdés que después del silencio que lo decía todo agregó que lo iba a proponer a ella, «no es el momento y cuanto antes mejor, sin embargo, la decisión final es de ella». Sabía que lo demás sería una variante de lo mismo, que encuentres un tipo mejor que yo, atada y cautivada, yo sé dónde me estoy metiendo, dejarte libre para construir un futuro, ¿adiviná desde dónde estoy llamando?, regresaba a su concha donde se encerraba en mi oscuridad más absoluta. «¡Pensátelo bien Valdés, pensátelo!», decíamos simultáneamente Juan y yo.

Como a las dos semanas en las que nadie nos pudo escuchar se dirigieron a la clínica clandestina del barrio chino, casi en las afueras de la ciudad. Yo estaba desesperado, me di cuenta de que ella estaba como anestesiada y con el corazón en sangre. «¡Reaccioná!», le clamaba, ni siquiera ella entendía cómo había llegado a ese lugar. Sería tan viable cambiarlo, todavía estaba en sus manos, simplemente levantarse para nunca más volver, «que sea por tu propia cuenta, nada te faltará», le prometí que no la haría sufrir pero de nada me sirvieron mis llamamientos agónicos. Entre llantos sentí el primer pinchazo en mi minúsculo cuerpo, mezclándome con la sangre, golpe fatal, corriéndome entre contracciones y gritos conjuntos hacia el sucio inodoro del baño del fondo.

¡Ahí no guapo!

Nadie que mire atrás después de poner la mano
en el arado es apto para el reino de Dios
Jesús

—Sr. Velásquez, sinceramente, ¿no le parece un puesto demasiado ambicioso para su poca experiencia? —le preguntó el presidente de la empresa en su última pregunta de aquella entrevista de trabajo.

—Creo que es usted quien tiene que contestármelo, Sr. García, es usted quien tiene que decidirse por uno de los candidatos —lo contradijo Velásquez. La interpelación le parecía un poco obvia, ¡qué esperaban que le fuese a contestar!—. Pero si construimos entre nosotros una relación en la cual tengamos libertad para debatir, si puedo sentarme con ustedes, presentarles alternativas para que tomemos las decisiones en consenso, estoy seguro de que no tendremos grandes problemas, ¿no es cierto? —puntuó, un poco incomodado por el saco y sobre todo por el nudo de la corbata que le apretaba la garganta.

Sin embargo logró observar la breve mirada que cruzaron García y León, ese cuya tarjeta de visitas decía CFO Financial Director, atento a la risa fácil y al humor de León que, de alguna manera, no combinaban con una especie de tensión en su cuerpo, en los ademanes, en las manos sudorosas y en la mirada nerviosa.

Ambos sonrieron discretamente y en ese momento Velásquez intuyó que el nuevo empleo sería suyo, era el más joven y justamente debido a eso el más barato de los candidatos. Lo que necesitaban comprobar era el carácter y la confianza, saber que dejaría sus puertas siempre abiertas hacia un diálogo y en eso se dio cuenta que ganó puntos, tuvo la sensación de que se quedaron con todo lo que necesitaban oír, sus convicciones. Ya que lo consideraban el menos cotizado para la tarea, por lo menos se daba el lujo de ser auténtico.

Estaba delante de una temprana realización profesional, representaba un paso largo, algo que le pudiese traer estabilidad financiera para los siguientes veinticinco años, sin mayores riesgos, la empresa invertía en lo personal y sabía reconocer el valor de cada empleado. Se había dado cuenta que en la revista ILF News Trimestral exponían el nombre y la respectiva foto de los funcionarios que cumplían diez y veinte años de servicios prestados, había incluso una foto de un señor de la fábrica que recibía un regalo de las manos del propio Sr. García.

La buena noticia vino acompañada de otros lujos, pasaría a viajar siempre de *Business Class* con posibilidades de *upgrade*, lavarían su nuevo auto semanalmente, almorzaría en un restaurant de comida exquisita en un apartado exclusivo de gerentes y directivos, un lugar donde las personas lo miraban con respeto en un mundo de decisiones, de risas fáciles, principalmente aquellos que una vez más se reían de un chiste que había contado el Sr. León. Velásquez buscaba cuanto antes adueñarse del cotidiano del trabajo para desarrollar discretamente una estrategia que pudiese diagnosticar y combatir las debilidades más grandes del departamento y reducir costos. «Los sorprenderé con un trabajo de gran potencial, limpio y claro, los involucraré en las decisiones iniciales para ganarles la confianza y mostrarles que estoy preparado».

No esperaba tardar tanto en concluir su estrategia, le decían que había gran dificultad en llegar a los números, el nuevo sistema de informática todavía no había sido instalado, por eso tuvieron que verificar proceso a proceso para calcular los costos y «todavía está el trabajo de cada día», le comentaba Eric, el de los ojos nerviosos y uno de los brazos derechos del Sr. León, el anterior responsable antes de la contratación de Velásquez. Cuando por fin, ya impaciente, pudo analizar meticulosamente los números del departamento, decidió basar su plan de ahorros en los principales proveedores donde verificaba concretas oportunidades. Hablaría con el Sr. García en la reunión de la tarde acerca de las buenas perspectivas, estaba animado.

—¡Ah sí, Velásquez!, sabemos que la empresa Fanex es responsable de uno de los principales costos de la empresa, pero es la única que está habilitada y autorizada a hacer estos trámites, están junto a nosotros desde la fundación de la empresa. Para cambiar de suministrador es necesaria una documentación de la matriz en Europa y desde allá nos señalaron que no quieren que cambiemos de proveedor, la relación es excelente. Olvídate de Fanex y concentrate en el otro proyecto que mencionaste, el de las materias primas, me pareció muy bueno, es algo que realmente necesitamos, si sale conforme, a lo mejor lo presentaré en el *meeting* general, ¿qué te parece? Es tu momento y confiamos en vos, después hablamos y decile por favor a mi secretaria que le llame al Sr. León, gracias.

«¡No es posible! —Pensaba Velásquez—. ¿Por qué nadie me lo había comentado? Al menos Eric debería haberme informado, en todo caso hablaré con la matriz, no es posible que no puedan flexibilizar una situación tan ventajosa para la ILF

Chemicals». Durante la semana notaba algo distinto en la atmósfera de la empresa, sentía que algunos lo trataban diferente, expresiones faciales un poco menos neutrales, lo miraban casi imperceptiblemente de una manera más larga que antes. Una fracción de segundo en que lo escudriñaban y en seguida se cruzaba con otros rostros y ojos que echaban un vistazo por esa misma fracción de tiempo de un modo más corto y nervioso, de alguna forma existía una sensible polarización. La sintió definitivamente cuando recibió el email de la matriz que le comunicaba que no había impedimentos con respecto a alternativas para Fanex, que bastaba presentar un sólido plan estratégico para obtener el visto bueno.

Pensó en diferentes alternativas, modos de barajar las pocas informaciones que contenían muchos huecos, al fin lo que de hecho registró fue que no se sentía más tan a gusto en los almuerzos y reuniones, tenía más dificultad en sonreír y notaba cómo se aislaba a sí mismo en aquel ambiente. No sabía qué esperar cuando se reunió nuevamente a solas con García y le dio, un poco menos entusiasmado, la noticia de que podrían seguir con el plan inicial de ahorros hacia Fanex.

—La verdad, mi hijo, y te lo digo para que lo entiendas y dejés de joder, es que tienen maneras propias, ¡vos sabés qué quilombo son aquellos trámites!, y nosotros siempre hemos creído en el país, en nuevas oportunidades de trabajo, invertimos. Todo tiene su precio, pero al Sr. León lo conozco hace mucho así como a los dueños de Fanex, uno era diputado de los antiguos. ¿Por qué no nos acompañás una vez a cenar, a comer bien, tomar un buen champán y relajar? Desarmate y aliviá un poco, che. Concentrate en otras cosas, estamos pasando un año muy bueno, con perspectivas positivas y vas muy bien pero te siento un poco distanciado, eso no es bueno.

Por navidad Velásquez estaba en la casa de su padre y le comentaba que justo al salir de la oficina vio cómo un empleado de Fanex le dejaba sobre el mostrador en su despacho una docena de botellas de whisky.

—De los buenos, papá, tendrías que verlo, fue la primera vez que vi un *Blue Label*, había unos casi artesanales. Sin embargo, lo que no me sale de la cabeza es la manera como el tipo me miró y principalmente su sonrisa, como si fuéramos cómplices, me sentí mal, viejo, las botellas las dejé en el despacho.

—Si te molestan, mi hijo, ya sabés que hacer.

«¡Por eso lo quiero a mi viejo, amigo de todos los tiempos!», pensaba delante del mostrador de su sala; imaginaba a quiénes podría alegrar la noche vieja con un regalito inesperado. Asumió desde entonces una postura más agresiva, sacaba pecho con palabras poco cuidadosas e ingenuas, se creaba un torpe antihéroe, había ese qué sé yo de «caso Fanex» en los bastidores de la empresa.

—Ni idea cómo se corrió el chisme —dijo Velásquez—, pero les digo a ustedes que alguien se está llevando la plata, caso contrario estamos delante de un equívoco financiero primario.

—¡Yo qué sé, Velásquez! —le decía León—. A veces tengo la impresión de que sospechás algo en relación a mí, te digo que yo no me quedo con nada, me mirás de una manera que parece que no me lo creés.

—No, para nada, eso no importa, la cuestión es: ¿dónde está la plata?

—¡No te hagas el tonto, Velásquez, no seas terco! —intervenía el Sr. García—. Ya lo escuchaste de la boca del diputado, él te dijo que hay un barco en el cual podés subir, ¿dónde querés llegar con eso?

Desde su negativa empezó a llegar retrasado al restaurant de la empresa, así no coincidía con ellos en la misma mesa y estaría más cerca de la puerta de salida. Nadie estaba a gusto y empezaba a buscar alternativas para la situación, la semana desde la última charla no había sido buena. «Pasá por mi despacho después del almuerzo», le dijo García, había tiempo de cepillarse los dientes y de preparar los últimos datos en la computadora referente a los resultados del último mes. Le pidió a Roberto de informática que se fijase en su laptop, algo le estaba pasando que dejó de grabar los documentos. «Voy donde García y regreso dentro de una hora ¡haceme el favor!» Minutos más tarde saludó a la secretaria que le hizo una señal de que ya lo esperaban en la sala García, León y Doña Valeria, gerente de recursos humanos y también un directivo de la matriz europea.

Ahí estaba, el momento que algunas veces ya había imaginado pero que en el presente siempre es diferente. «Incompatibilidad ideológica», le explicaban, la hipótesis hecha realidad, le dejaban el auto de la empresa, así podría llegar a casa, mañana le pasarán los valores de la rescisión y los datos para el seguro desempleo.

Se enderezó para despedirse, se encontraba vacío, desnudo y expuesto delante del implacable silencio de sus respuestas y de la crudeza de la realidad. Sin embargo, al alejarse, pensó que un camino sin vueltas no contiene miradas hacia atrás.

Volver

Devolverte el amor de la misma manera que me lo entregaste; nació puro en tu corazón, sin máculas o perjuicios de otros. Abriste la puerta de una existencia que sin notar pasaste.

Nunca la había visto así de claro, era una pitonisa en el templo de dualidades, esclava libre, misterio revelándose en su caminar de secreta magia. Por un instante pensó que era suyo aquel latido del corazón de mujer, disparo inconfundible al escuchar los pasos conocidos en la plaza, mirada de siglos desde la túnica de mar profundo, colisión de aguas comunicándose sin palabras.

Allí era el principio o quizás la continuación de algo todavía oculto, breve conciencia del origen y del camino, el encuentro de la politeísta vidente del Olimpo frente al guerrero que alababa al Dios único, como máscaras frente a espejos remotos; ella llevaba dentro del corazón el amor, flor del anhelado regreso.

—Otras vidas vendrán abriendo el mismo camino, herencias de sí mismas, añoranzas del lecho de luz donde los sueños son cristales y nuestros hijos amor y esperanza —le decía la dulce voz cargada de siglos por su viaje en la ruta del tiempo.

Ese timbre, desplegado y caluroso, absorbía el amor, el sentido y el pasaje, se perpetuaba haciéndose voz interior, por donde venían los llamados, parte de su alma que corría la cortina de su verdadera conciencia, le proponía virtudes y le mostraba la necesidad de vivir fiel a las respuestas obtenidas.

«La voz interior…», pensaba Ernesto, sintiéndose lejos de lo que se había propuesto y cada vez más cerca del cambio posible que la vida permite mientras los muros se caen, disfraces de sus primeros sentimientos.

Sentía que sus emociones otra vez lo conducían hacia sus verdades, las que no conseguía vivir, no lograba desatarse de lo que le impedía crecer porque se basaba esencialmente en su vana filosofía analítica, esa que su mirada renegaba frente al espejo cuando decía que «resignarse es entregarse cuando todavía queda algo».

Conocerse, encontrarse a sí mismo, era lo que se había planteado Ernesto mientras los años pasaban. Razonaba que la vida no era simplemente frases hechas sin comprobación en el teatro de la vida, monólogo de su existencia, solo en medio de una multitud. Eran sus genuinas palabras analizándolo, acechando desde adentro sus pensamientos como su propio juez, quitando las capas, rostros fugaces de papeles asignados por la vida, confundido con sus personajes, olvidado de lo que realmente quería.

Mantenía sus ojos cerrados, imaginaba a una pantalla blanca, grande y silenciosa. Creía que palabras y especialmente pensamientos llevaban en su esencia imágenes representativas, una segunda opinión en forma de estructura, creando dinámicos acertijos, como si un ángel de sentimientos se adueñase de verdades, sumando versiones de la misma situación, hablándole por los portales del subconsciente.

Hace semanas miraba a los lados, buscaba encontrar algo por detrás de su visión acomodada, había un cierto enfado en su expresión corporal. En algún momento supo que cambiaría, que sería determinante hacerlo, avanzaba por su camino equivocado, buscando espacio para la maniobra. Empezaba a sentir que se liberaba de a poco, que era necesario un sentimiento único capaz de estar presente en todo lo que hacía, algo que le despertase el sentido de la entrega total, amor de la primera mirada, fugacidad eterna, una imagen en formación.

Pensó en Jesús, era imposible ignorarlo en ese contexto, no había cómo deshacerse de un sentimiento que es chispa existencial, que es razón de vivir, signos en los laberintos de la existencia, códigos del alma.

Le interesaban los destinos de las personas, historias ancestrales que leía o episodios recientes que veía en la televisión, personajes que frente a los infortunios rescataban desde adentro valores inmensos, coraje y aguante para soportar situaciones críticas y, por el otro lado de la misma moneda, opinaba que la falta de caminos les facilitaba recorrer el único posible. Una occidental y su bebé que escaparon épicamente del marido violento en un rincón escondido de Persia, un periodista hace años secuestrado en la jungla por alguna guerrilla latinoamericana, refugiados de guerras civiles de algún levante africano esperando por comida en las carpas de la Cruz Roja. En todas las versiones notaba que, frente a las dificultades, el camino por seguir les fosforecía en la oscuridad por ausencia de alternativas y eso por fin los fortalecía frente al destino.

Consideraba que tales desdichas, las que lo podrían definir y hacerle chocar con su realidad hacia la vida, difícilmente le tocarían a él. En vidrios herméticos guardaba sus valores, en algún momento la vida se le había puesto cómoda o le daba igual seguir, sentimientos alejados de sueños postergados. «¿A vos nunca te pasó nada igual, nunca quisiste ser diferente de lo que sos, personaje libre en una trama tuya, héroe alado matando a los fantasmas? ¿Quién te ha atado las manos?», le indagaba la voz, la pitonisa, él mismo.

Concluyó que tendría que encargarse de salir del letargo, que sus respuestas vendrían del movimiento, que podría agarrar algunos atajos que ya estaban muy claros para él. Cuestionar una existencia era un tema de la espiritualidad y por lo tanto era el camino a seguir. Por detrás del telón un corazón pulsante, los brazos incondicionalmente abiertos, otra vez reconocía a Jesús. No le era posible explicar la lejanía que sentía en relación a ese nombre y al legado. Especulaba que a lo mejor era por su educación en la cual no abordaban el tema, quizás sus éxitos hasta ahora, autos, viajes, trabajos y restaurantes lo hacían prescindir de las enseñanzas del profeta, pero la voz interior lo inquietaba siempre, diciéndole que existían otros caminos «quien tiene ojos de ver que vea, quien tiene oídos de oír que oiga».

Jardín cultivado, esperaba entonces vivir allí, donde existía vida, campos y personas amadas, pero se cerró el portal que me lo permitía, ya lo sé, era un rato nomás antes de volver al árido desierto que creaste alrededor de mí, tan repleto de vos. Formando espejismos inalcanzables, avanzo sin nada ver, espero correr a tu lado. Pero el sabor amargo de la indiferencia me mueve en sentido opuesto. ¿Dónde estás?

Estudió las parábolas de Jesús y sacó conclusiones propias, achicando la distancia bajo el disfraz de análisis filosófico y moral. Luego, a título de ejercicio, decidió de ahora en delante pensar en el Enviado antes de cada palabra y cada acción y pronto se descubrió imposibilitado de tirar las piedras. Sorprendido se dio cuenta de que siempre era más fácil vivir en las mentiras y creer en sus engaños, así su mundo se hacía más importante, sus valores eran más sublimes, sus encantamientos más absolutos, de la misma manera que los abismos, proezas de la vanidad. Como un arado la sinceridad le revolvía la tierra del corazón y al avanzar vio dibujada inesperadamente su pelea interior, el orgullo para no negarse a sí mismo, tartamudeando justificaciones en las cuales todavía quería creer.

Juzgó que navegaba por mares demasiado conocidos y que al timón estaban sus conceptos, sus creencias, sus valores, su nostalgia, sus sueños y sus miedos bajo un cielo en que se formaban cargadas nubes, anunciando la tormenta. Empezó cambiando calmamente sus actitudes, intentó sacarles el automatismo, el concepto previo, los hábitos impensados. Buscaba establecer entre las personas formas distintas de diálogo, quitando superficialidades, las opiniones estereotipadas del entorno rutinario para darle espacio a sus nuevas versiones, algunas de las cuales tampoco conocía. Analizó al principio su vida profesional, ejecutaba funciones que no lo realizaran interiormente, las mismas charlas repetidas por años, intrigas políticas, comparaciones de beneficios, peligros de sabotaje, horas extras buscando reconocimiento, plata y mejores condiciones mientras su corazón pulsaba en inalterada frecuencia.

Pasó a aspirar algo que le inspirase sueños, que le permitiese aprendizajes humanos, que le despertase sentimientos, donde sus resultados no fuesen meramente números que no harían ningún sentido a la hora de su jubilación o cuando lo llamasen al despacho de recursos humanos, el viejo tema de «lo sentimos pero la crisis nos obliga a deshacernos incluso de competentes empleados». Notó que en su entorno diario esas ideas no caían bien, sentía como de una manera u otra algunos lo miraban de una manera rara, otros casi lo evitaban, las palmadas en las espaldas escaseaban, «un futuro promisorio perdiéndose en creencias vagas», pensó haber escuchado por los pasillos.

Algo similar le pasó con su novia, pensaba que la tibieza de la relación estaba vinculada a una acomodación natural que el pasar de los años causaba y que un nuevo soplo de ideas les haría aportar a un distinto florecimiento. Le comentó que buscaría avanzar por nuevos caminos en el trabajo, que pensaba cambiar su posgrado de economía por un curso de gastronomía, que todavía estaría habilitado a cambiar su carrera profesional por una que a lo mejor le proveyese menos plata pero que le llenase algunos vacíos casi crónicos. Añadía de manera ingenua y ensimismada que los apóstoles tenían un oficio pero que la realización estaba más bien en vivir por sus credos. Ella lo tomó como broma, «a veces me sorprende tu humor Ernestito, cambiar las estables perspectivas de éxito, adonde muchos quieren arribar, por una aventura desquiciada. Fijate en nuestros amigos, nadie cambiaría el bienestar prominente, regalías conquistadas en años trabajados, garantía para nuestros herederos, por castillos en el aire. También tengo mis sueños, estaré siempre linda para vos, me cuidaré y estaré invariablemente elegante, junto a nuestros hijos venideros (una parejita), una buena copa de vino compartida con los amigos de siempre, ¿qué más uno puede esperar de la vida?». Le confesó a la pretendiente que estaba un poco harto del ambiente que frecuentaban, de las charlas de un pasado sepultado o de temas masticados, de que todo objetivaba únicamente la estabilidad. «No nos movemos», le apuntaba, «no nos emocionamos, estamos alejados, el tesoro está donde está nuestro corazón», dijo simultáneamente con su voz interior, otra vez palabras del Elegido resonando por su pecho. Aquello que Ernesto imaginaba como un soplo de frescor en su relación se reveló secretamente un camino único, centelleante, concebido en la decisión, para su corazón no había otra vía a seguir. Interiormente registró que una vez más su opción por su desnudez lo aislaba y casi forzosamente le hacía transitar por la separación y el dolor.

De todo quedan semillas, granos de otras vidas guardados en el secreto de mi corazón y que quiero sembrar en el suelo sagrado del tuyo, brotando vida, jardín sin posesión, donde todo es cariño, cuidado, amor. Desde el Sur en que me puse, te veo al Norte, lejos de mí, vagar errante por el campo florido de las añoranzas de no sé qué, ansioso por regarlo con lágrimas de desaliento, con una sonrisa cristalina disfrazada de dulce magia, húmeda por el beso que no me diste, arde el cuerpo en llamas y si no fuera por tu ceguera allí estaría yo...

Ernesto volvía a pensar en los cambios más significativos de su vida, las circunstancias comunes y los caminos que en el fondo eran todos iguales. Acababa por acostumbrarse a los malabares de sentimientos pero buscaba el equilibrio no exclusivamente ubicado en su conciencia. Siempre indagaba más, un camino sin regreso, más que una necesidad, una espiral de luz, momento que dejaba al Amor renovar su esencia.

Cultivó el hábito de empezar sus días con una oración matinal movido por el consejo de uno de los pocos amigos íntimos que le quedaban en el nuevo trayecto. El compañero le relataba que había heredado esa costumbre de su padre, que con el pasar de los años prácticamente el rezo se había convertido en agradecimiento y, según le aseguraba, la gratitud era el primer grado de conciencia hacia la caridad, hacia un nuevo horizonte. Si por un lado notaba que se calmaba interiormente, que las personas del cotidiano sutilmente le parecían sonreír más y que se liberaba de comportamientos tensos, por otro lado observaba que se desmoronaban sus construcciones y relaciones anteriores a un ritmo descontrolado. Entre sus amistades se sumaban impresiones, algunas miradas de reprimenda o de sorpresa, expresiones corporales más distanciadas y cerradas, silencios desagradables, reproches por salir de una atada zona de confort, señales que inconscientemente le expresaban ruptura y alejamiento.

Una noche que pensaba pasar otra vez solo leyendo en su departamento, se sorprendió con la llamada de una amiga de viejos tiempos que, pese a los argumentos de su familia y de muchos amigos, dentro los cuales se incluía Ernesto, decidió abandonar la universidad para intentar ingresar a una compañía de danza contemporánea en Europa. Una década después, Irene aprovechó una gira por Sudamérica para cenar en el improvisado comedor de Ernesto, acordándose de sus dudas de aquel entonces, de la sorpresa que tuvo referente a la reacción de las personas una vez que pocas la apoyaron y la incentivaron a buscar su sueño, su felicidad, y que con el pasar de los años esa sensación le parecía cada vez más fuerte, parecía ser más fácil encontrar semejantes capaces de compartir desdichas que personas dispuestas desinteresadamente a celebrar felicidades.

—Era como si todos estuviesen atados y se molestasen cuando uno intentaba huir o simplemente desatarse. Parecía que salir de encuentro a la soñada realización les hiciese acordar de que estaban lejos y sobre todo inmóviles frente a los propios intentos.

— ¿Pero de dónde sacaste la seguridad, la certidumbre en seguir por tu camino? — indagaba Ernesto mientras fumaba un cigarrillo, compañero del aguardiente digestivo.

—Cuando bailaba se me despertaban emociones por las cuales valía la pena vivir, creo que era el amor, se manifestaba en todas los pasos, ritmos, en los menores ademanes. En algún momento, Ernesto, entendí que era lo más grande que había sentido y que quería cultivarlo y desarrollarlo. Debido a ese entendimiento íntimo, las respuestas obtenidas por el corazón pasaron a ser misión, un compromiso. Al final de la vida, cuando la sabiduría llega a su punto alto, no pararás para mirar hacia atrás para ver lo que hiciste, sino para adelante, cosecha en el más allá de aquello que sembraste. ¿Por qué esperar hasta el último momento para descubrir las verdades que ahora mismo ya se muestran?

Desde acá se ve mejor, lejos de la realidad de carne y a la vez más cerca de la conciencia total. Con todas las ganas de mi corazón, llevaré conmigo, al volver, la ilusión del amor puro, del sentido en desarrollar lo que un día fue amargura, esperanza, fe, caminos que la vida me hará entender.

Despierto veía las condiciones de su existencia, disparejas estaciones de esperanza donde algunos bajaban y otros subían, encuentros atados por el destino, movido por la necesidad de elevarse, oportunidades camufladas detrás de cada puerta cerrada. Su voz interior ya no le gritaba, sino que lo alentaba a seguir adelante, para mostrarle la pluralidad del alma y la necesidad del armonioso equilibrio de sus partes, la conciencia por sí sola no le bastaba para entenderlo, le hacía falta la conexión a la seguridad interna, fruto de pensamientos hechos actitudes, construyendo su propio destino.

Acababa de regresar de la casa de su madre, que vivía con su hermano soltero desde la muerte de su padre. Les contó que después de dos años preparándose en cursos específicos empezaría por fin sus trabajos de médium en una casa de fe.

—¡No seas tonto, Ernesto! ¿No te das cuenta de que desde que te metiste en eso, en seguir un camino espiritual, toda tu vida ha andado para atrás? Ya no sos ningún chiquilín, ya perdiste un buen empleo, tu novia te abandonó por tus ideas raras (me lo contó todo) y la verdad es que la entiendo muy bien. Tu hermano me cuenta que tus amigos te ven raro y desajustado, ¿qué más querés ahora, mi hijo, aparte de una vida mediocre?

En el ascensor todavía retumbaban en su cabeza las palabras «inmaduro», «vanidoso», «vergüenza», «¿qué pensarán los demás, que será de vos Ernestito, en qué mundo vivís?» Demolía el último baluarte de su viejo mundo, desde donde vino su primer alimento, vaciándolo por entero, sentía anestesiado cómo sus viejas creencias agonizaban, igual a un potente antibiótico que destruye todo lo bueno y lo malo por delante, sin distinción.

Sentado sobre sus tobillos, cabeza cerca de sus rodillas, frente al desesperante vacío, la volvió a escuchar, pitonisa de su verdad. «Nadie te ha dicho que sería un camino simple Ernesto, pero es el precio de la verdad». Débilmente unido al principio por las ganas de realizarse, subió las torres de sus enigmas siguiendo la voz, otra vez las mismas verdades aunque ahora vistas desde lo alto y desde el borde de la cornisa, delante de su desierto de arena dorada, de la inmensidad de la fe. Imaginaba de sus caminos resecos saltar para la vida, parir al hombre nuevo en un mar de primavera: era tan lindo ser libre, era tan fácil amar, tan seguro creer…

Ves las flores y el cielo de la puesta del sol, colores indefinidos, naranja, violeta, azul, amarillo, arde el cielo y es brasa que mantiene gritando al corazón que siente, que vive, que busca y que cree. Sonrisas almacenadas, sentimientos que respiran, el amor en los detalles que te muestran el camino, que yo existo. El viento te trae el sonido de mi voz, nos encontraremos en algún lugar, por diferentes caminos de un mismo sentido y volveremos, juntos.

«¿Por qué te cuesta tanto saltar, Ernesto? ¿No te bastó verlo por una sola vez con los ojos del corazón?».

www.ingramcontent.com/pod-product-compliance
Lightning Source LLC
Chambersburg PA
CBHW021338160726
47994CB00007B/2761